누구도 우리를
벌할 수 없어

# 누구도 우리를
# 벌할 수 없어

**알프레도 고메스 세르다** 지음

**엄지영** 옮김

# 차례

# 일요일, 04시 15분

장소는 완벽했다.

시내에서 벗어난 카스티야 고속 간선 도로 첫 구간•은 완전히 어둠에 잠겨 있었다. 프랑스인들의 다리를 뒤로하자마자, 늑대의 아가리 속으로 빨려 들어온 듯 눈앞은 칠흑같이 어두웠다. 그 길을 자주 다니는 사람들은 도로 왼편에 카사 데 캄포••의 소나무 숲이 있고, 오른편에는 골프장 잔디밭이 구불구불 이어져 있다는 것을 익히 알고 있었다. 도로에는 한 점의 빛도 없었다. 자기 멋대로 밤을 가르고 있는 100살짜리 나무들의 윤곽조차 알아볼 수 없었다. 도로에

---

• 마드리드를 가로지르는 고속 간선 도로. 철도교인 '프랑스 인들의 다리'부근에서 시작된다.

•• 마드리드 시내 서쪽에 위치한 공원. 원래는 왕실 전용 사냥터였다. 마드리드에서 규모가 가장 큰 공원이다.

줄지어 늘어선 가로등도 모두 꺼져 있었다. 뭐가 고장 난 것이 틀림없었다.

그들은 서로 바짝 붙어서 걸었다. 길이라면 손바닥 들여다보듯 훤히 알고 있었지만 혹시 너무 떨어져 걸으면 길을 잃을까 두려워서, 아니면 발을 헛디뎠을 때 누구라도 붙잡기 위해서 그렇게 걸었던 거지, 땅이 울퉁불퉁했기 때문은 아니었다. 그들은 몸을 꼿꼿이 가누기가 어려웠다.

보르하는 짙게 깔린 저 어둠의 원인을 두 친구에게 설명하려고 했다.

"텔레비전 뉴스에도 나왔잖아. 루마니아 출신 갱단이 구리 선을 팔아먹으려고 케이블을 훔친다고 하더라고. 맨홀 뚜껑을 열어 밧줄로 케이블을 묶은 다음, 자동차로 확 잡아당긴다는 거야. 그렇게 모든 것을 다 박살내 놓고서 겨우 케이블 몇 미터만 갖고 달아나지."

"아무리 그래도 그렇지 길거리를 이렇게 암흑천지로 만들어 버리다니, 망할 자식들 같으니!" 클라우디오가 볼멘소리로 투덜거렸다.

"그래도 놈들은 우리한테 그걸 갖다 바친 셈이잖아!" 아드리안이 웃으며 말했다.

도로의 모든 차선 위를 가로질러 가는 자전거 전용 육교 부근에 도착했을 때, 그들은 공용 식수대 옆에 멈춰 섰다. 그들은 수도꼭지를 틀고, 쏟아지는 물줄기 아래 한 명씩 머리를 들이밀었다.

"너희도 나처럼 취한 거야?" 클라우디오가 물에 흠뻑 젖은 개처럼 머리를 털며 물었다.

"내가 제일 취한 것 같은데." 보르하가 말했다.

"그러게 너희는 술을 마실 줄도 모른다니까." 아드리안은 마치 자기 머리 주변에 어른거리는 혼령을 쫓아 버리려는 듯, 손으로 머리를 몇 번 쓸어 넘겼다. "술을 잘 마시려면 꾸준히 연습해야 된다고."

"사돈 남 말하고 있네!" 클라우디오가 펄쩍 뛰며 말했다. "저번에 우리가 널 업고 집에 데려다준 것 기억 안 나?"

"그날은 내가 컨디션이 너무 안 좋아서 그랬던 거지."

"아무렴! 다들 그런 구질구질한 변명이나 늘어놓는다니까!" 보르하가 쐐기를 박듯이 말했다.

셋은 떠들썩하게 웃더니, 아무 이유도 없이 서로를 밀치기 시작했다. 그 바람에 보르하가 자빠질 뻔했지만, 식수대 옆에 서 있는 간판 덕분에 간신히 균형을 잡았다.

그들 몇 미터 앞으로 차들이 이따금씩, 아주 드문드문 지나갔다. 그들은 밤의 적막을 깨뜨리는 엔진의 굉음을 들었고, 상향 전조등을 켠 채 어둠을 쓸어 버리는 헤드라이트의 불빛을 느꼈다. 그러고 나면 요란한 그 소리는 점점 잦아들다가, 가까이 다가오기 시작하는 다른 소리에 묻히고 말았다.

클라우디오는 옷소매로 얼굴을 닦았다.

"몸이 으슬으슬 춥네." 그가 말했다. "이제 집에나 가자."

"무슨 소리 하는 거야?" 아드리안이 볼멘 목소리로 투덜거렸다. "우리가 어디 할 일이 없어서 새벽 네 시에 이렇게 나돌아 다니는 줄 알아?"

"그럼……." 클라우디오는 잠시 머뭇거리다 물어보았다. "그거 하려고?"

보르하는 답을 듣고 싶은 듯, 바로 아드리안에게 고개를 돌렸다.

"어떻게 할 거야?" 그가 물었다.

"당연히 하러 가야지!"

그 순간, 클라우디오는 반대해 봐야 아무 소용도 없으리라는 것을 깨달았다. 아드리안은 어떤 일이 있어도 물러서지 않고 계획한 대로 밀고 나가겠다고 말했다. 그가 그렇게 단호하게 말할 수 있었던 것은 보르하가 언제나 자기편을 들었기 때문이었다. 2 대 1의 대결이었다. 불만스러웠지만 참는 수밖에 없었다. 참아야 한다. 그렇지 않으면, 거기를 떠나야 했다. 하지만 왠지 몸 상태가 좋지 않았다. 배도 아프고, 머리도 자기 것이 아닌 것 같았다. 혼자서 집까지 갈 수 있을지 확신이 서지 않았다. 당장은 친구들이 못마땅해도 참아야 할 것 같았다. 어쩌면 저들도 제정신이 아닐지 몰랐다. 저들은 그보다 상태가 더 심각했던 게, 아니 훨씬 더 심각했던 게 틀림없다. 적어도 저 둘은 트리플섹\*을 마셨으니까 말이다.

"나, 속이 좀 안 좋아." 그가 마침내 자기의 속사정을 털어놓았지만, 그 말을 듣는 친구는 아무도 없었다.

아드리안과 보르하는 언제나 그랬듯이 도로를 따라서 이미 걸음을 옮기기 시작했다. 클라우디오는 마지못해 그들을 뒤따라갔다. 다행히 그들이 고른 장소는 가까운 곳에 있었기 때문에, 그리 오래 걸어갈 필요가 없었다. 그들이 가고 있는 곳은 자전거 타는 이들이 지나다니는 회색빛 철제 육교보다 훨씬 더 오래된 육교였다. 그걸 보자 철도가 지나가는 오래된 철교가 문득 머리에 떠올랐다. 자전거 전용 육교는 고속 도로가 갈라지는 곳 위를 지나가고 있어, 그들에게 적합하지 않아 보였다. 하지만 200미터 정도 떨어진 곳에 있는 오래된 육교는 도로 한가운데로 나 있었다. 완벽한 장소였다.

클라우디오는 두 친구들이 이따금씩 몸을 웅크리고, 자기들보다 높게 자란 잡초를 헤치고 나가면서 발부리에 걸리는 돌멩이를 걷어차는 모습을 뒤에서 지켜보았다. 또한 앞이 잘 보이지 않자 휴대 전화 손전등을 비추는 것도 지켜보았다. 얼마 지나지 않아 그들은 찾고 있던 곳을 발견했다.

---

• 오렌지 리큐어의 한 종류. 무색에 달콤한 오렌지 향이 나고 도수가 40도 전후다.

커다란 돌덩이 두 개가 보였다. 그들은 그 돌을 어깨에 짊어지고 오르막길에 도착했다. 거기에 가자마자 그들은 돌을 바닥에 내동댕이쳤다. 클라우디오는 그제야 그들을 따라잡았다.

아드리안은 손에 붙어 있는 모래와 풀줄기를 털어 냈다. 그러고는 휴대 전화를 꺼내 친구들에게 보여 주었다.

"이제부터 이걸로 녹화하려고 하는데 괜찮겠지?" 그가 두 친구에게 물었다.

보르하는 결연한 표정으로 고개를 크게 끄덕이며 찬성의 뜻을 표했다. 클라우디오도 이미 체념한 듯 가만히 고개를 끄덕였다.

아드리안은 길옆에서 보초를 서고 있는 듯한 돌덩이 두 개를 손으로 가리켰다. 그러자 보르하와 클라우디오는 잘 훈련된 병사들처럼 몸을 웅크리면서 두 개의 돌덩이를 들었다. 아드리안은 그들의 신속한 동작을 보면서, 그리고 어떤 지시를 내려도 기꺼이 따르겠다는 단호한 표정을 지으며 손에 돌덩이를 들고 서 있는 두 친구를 보면서, 자신이 우두머리가 된 듯 가슴이 뿌듯해졌다. 거기에 이의를 제기한 친구는 아무도 없었다.

"나는 철책 뒤, 배수로에 있을 테니까, 너희 둘은 저 길을 따라서 육교로 올라가." 그는 큰소리로 자신이 세운 계획을 일러주기 시작했다. 그렇지만 두 친구는 그가 일방적으로 명령을 내리고 있다고 생각하기 시작했다. "그리고 오른쪽 차선 위에 있어야 한다는 것을 명심해. 누가 먼저 돌을 던질 거야?"

그러자 보르하는 약간 주눅이 든 채 잠자코 있는 클라우디오를 턱으로 가리키며 말했다.

"얘가 먼저 던질 거야."

아드리안은 둘의 고약한 입 냄새가 서로 섞일 정도로 클라우디오에게 바짝 다가갔다.

"자동차가 지나가기 전에 돌을 던져야 해. 굳이 차를 맞추려고 할 필요는 없어. 운전자가 자기 앞으로 떨어지는 돌덩이를 보고 피하려고 핸들을 꺾도록 만들어야 된다고. 그게 핵심이야. 무슨 말인지 알겠어?"

"그런데 어지러워." 자꾸 구역질이 올라오는 가운데, 시큼하고 매우 불쾌한 맛과 뒤섞인 목소리가 간신히 클라우디오의 입술을 통해 흘러나왔다.

"내 말 알아들었어?" 아드리안은 같은 질문을 반복했다. 이번에는 그의 말이 협박으로 들렸다.

"알았어." 마침내 클라우디오가 대답했다.

"다시 한번 말하지만, 차가 지나가기 전에 돌을 던져야 한다고!" 아드리안이 말했다. "운전자가 그걸 보고 기절초풍하도록 말이야!"

보르하와 클라우디오는 고개를 끄덕였다. 둘은 그의 말

을 완전히 이해했다고 믿었다. 간단해서 쉽게 알아들을 수 있었다. 그런데 설명하기는 어렵지만, 어딘가 석연치 않은 점이 있었다. 마치 두 발을 땅에 단단히 딛고 서 있는데도 허공을 둥둥 떠다니는 기분이고, 아무것도 안 보이는데도 많은 것을 보고 있고, 또 침묵이 거대하고 불안한 그 무엇으로 느껴지는 그런 기분이라고나 할까…….

아드리안이 배수로에서 전략 거점을 찾는 동안, 보르하와 클라우디오는 돌덩어리를 어깨에 짊어지고 천천히 오르막길을 걷고 있었다. 길은 Z자 모양으로 길게 이어져 있었다. 가파른 비탈길을 피하기 위해 육교로 돌아서 가는 길이 여러 개 나 있었기 때문이었다.

아드리안은 휴대 전화를 꺼내 카메라를 켰다. 그러고는 카메라의 초점을 도로에 맞추었다. 영상에는 육교와 거의 일직선으로 길게 뻗은 도로가 잡혔다. 게다가 그를 가려주는 키 큰 덤불도 있었다. 그래서 사람들 눈에 띌 리도 없을뿐더러, 그가 거기에 웅크리고 숨어 있다고 의심받을 일도 없었다. 그는 은신처에서 걱정스러운 눈빛으로 두 친구들을 쳐다보고 있었다. 마침내 그들은 그날 밤 공원에서 술을 마시면서 짜낸 계획을 실행에 옮기기 시작했다. 첫 병을 비우고, 두 번째 병을 마시기 시작할 무렵, 이미 모든 것을 생각해 두었다. 우선 화질이 좋은 녹화 영상을 만들어 인터넷에 유포하기로 했다. 이제 계획의 첫 번째 목표를 달성하려는 참이었었다.

아드리안은 특히 클라우디오 때문에 걱정이었다. 그건 분명히 정상적인 컨디션이라고는 보기 어려운 그의 몸 상태 때문이 아니라, 어떤 일을 하든 항상 억지로 끌고 가야할 정도로 우유부단했기 때문이었다. 그는 좋은 친구였지만, 어울리는 것을 힘들어하는 눈치였다. 그러면서도 이를 내색하지 않으려고 부단히 애를 썼다. 사실 그는 그들과 함께 있을 때 마음이 가장 편했지만, 사사건건 트집을 잡고 어떤 일이든 해 보기도 전에 안 된다고 재를 뿌리는가 하면, 온갖 터무니없는 소리로 어깃장을 놓기 일쑤였다. 아드리안은 그에게 '골칫덩어리 클라우디오'라는 별명을 붙여주었다. 물론 그의 체면을 생각해서 단둘이 있을 때만 그 별명을 불렀다. 아드리안은 그가 결정적인 순간에 돌을 던지지 못할까 봐, 아니면 예상치 못한 행동을 할까 봐 걱정이었다.

그들은 신중을 기해 도시로 진입하는 차선을 선택하기로 했다. 무엇보다 도주 경로를 고려해서 그런 결정을 내린것이다. 일단 평소 잘 알던 카사 데 캄포 쪽으로 가면 쉽게 달아날 수 있었다. 거기는 자전거를 타고 자주 다녔던 곳이라, 어떤 길이든 눈 감고도 갈 수 있을 정도였다. 아무리 어두워도 길을 찾고 서둘러 달아나는 건 전혀 어렵지 않았다.

칠흑같이 어두운 밤이었다. 아드리안은 고개를 들어 하

늘을 올려다보았다. 달은 없었다. 그는 언제라도 촬영할 수 있도록 휴대 전화를 계속 켜 두었다. 주변의 모든 것이 어렴풋하게 윤곽만 드러날 뿐, 제대로 보이는 것은 거의 없었다. 하지만 아드리안은 차가 다가오면 헤드라이트 불빛이 그 주변을 환하게 비추어 줄 거라고 확신했다. 그것이 그들의 계획이었다.

그리 오래 기다릴 필요도 없었다. 저 멀리서 불빛이 반짝거리는 걸 보니, 자동차가 다가오는 모양이었다. 육교 위에서 보르하가 팔꿈치로 클라우디오를 툭 치며 이를 알렸다. 그가 먼저 돌을 던져야 했다. 클라우디오는 잘 알고 있다는 듯이 고개를 끄덕였다. 그는 차가 다가올수록 점점 환해지고 있는 아스팔트 길을 응시하면서 난간 위에 돌덩이를 올려놓고 기다렸다. 그러고는 아드리안이 했던 말을 떠올렸다. '자동차가 지나가기 직전에 돌을 던져야 해.' 그는 머릿속으로 거리를 계산하면서, 차가 지나가기 직전에 돌을 던졌다.

은신처에 있던 아드리안은 클라우디오가 맡은 임무를 완벽하게 해내는 것을 보고 기쁨을 감추지 못했다. 그는 그 장면을 모두 녹화했다. 그가 던진 돌은 자동차 몇 미터 앞 도로에 떨어졌다. 아드리안은 한 장면이라도 놓치지 않으려고, 들고 있던 휴대 전화로 자동차의 헤드라이트를 계속 따라갔다. 아드리안의 평소 방식임이 틀림없었다. 그 순간, 자동차는 급하게 왼쪽으로 방향을 틀면서 중심을 잃고 잠시 비틀거렸다. 금방이라도 사고가 날 것 같았지만, 자동차는 간신히 균형을 되찾고 왼쪽 차선으로 계속 달렸다. 위험한 순간이 무사히 지나가자, 자동차의 브레이크 등이 켜졌고, 잠시 후에는 비상등이 켜졌다. 그들은 차가 곧 멈출 것으로 생각했다. 그렇다면 무조건 달아나는 것이 그 다음 계획이었다. 하지만 차는 완전히 멈추지 않고 비상등을 끄더니 마침내 가던 길을 계속 갔다.

세 친구들은 그 차의 운전자가 곧장 경찰에 연락하리라는 것을 알고 있었다. 그게 사실이라면 거기서 오래 머물 시간이 없었다. 그들은 두 번째 돌을 던지고 서둘러 그곳을 떠날 생각이었다.

하지만 그들에게 행운이 찾아왔다. 그 다음 차량이 연이어 그곳으로 오고 있었기 때문이었다. 자기가 촬영한 영상을 떠올리며 마음이 들뜬 아드리안은 휴대 전화를 다시 도로 쪽으로 돌렸다. 자동차의 불빛이 점점 가까이 다가오고 있었다. 이제는 보르하가 돌을 던질 차례였다. 보르하라면 절대 실수하지 않을 것이다. 게다가 이에 앞서 클라우디오가 계획했던 대로 정확하게 돌을 던졌기 때문에, 이번에도 실패할 리는 없었다.

보르하도 실패하지 않았다. 그도 정확한 순간에 돌을 던졌다. 방금 전처럼, 그가 던진 돌은 자동차 몇 미터 앞, 아스팔트 도로 위에 떨어졌다.

아드리안은 그 장면도 촬영하고 있었다. 하지만 이번에 자동차는 조금 다르게 움직였다. 차로에 떨어진 돌을 피하기 위해 왼쪽으로 방향을 트는 대신, 자동차는 급하게 오른쪽으로 방향을 틀어 갓길로 진입하려고 했다. 하지만 철제 가드레일을 들이받고 중심을 잃은 채 튕겨 나오면서, 차선을 가로질러 중앙 분리대에 부딪쳤다. 그 충격으로 차는 옆으로 전복되면서 두 번이나 구르다 결국 밑바닥을 드러낸 채 뒤집히고 말았다. 희뿌연 연기에 휩싸인 채, 바퀴는 계속 돌아가고 있었다.

사고의 굉음은 섬뜩했다. 하지만 아드리안은 손을 전혀 떨지 않고 침착하게 그 장면을 촬영하고 있었다. 보르하와 클라우디오는 넋이 나간 사람처럼 멍한 표정을 하고 길을 내려갔다. 세 사람은 식수대에서 다시 모였다.

"정말 멋진 장면이었어!" 아드리안은 흥분에 찬 목소리로 소리쳤다.

"이런 젠장!" 보르하는 그의 말을 도저히 믿지 못하겠다는 듯이 고개를 절레절레 흔들었다.

반면 클라우디오는 고개를 흔들며 같은 말을 몇 번 되풀이했다.

"하나님! 하나님! 하나님!"

아드리안은 휴대 전화를 꽉 쥔 채 친구들에게 보여 주었다. 그는 득의만만한 표정을 감추지 못했다.

"이 안에 다 들어 있다니까!" 그가 그들에게 말했다.

저 멀리서 경찰차의 사이렌 소리가 들렸다. 그 근방을 순찰하던 경찰차가 사고 현장에 전속력으로 달려온 것이 분명했다.

"그럼 이제 가자!"

마치 악마가 쫓아오기라도 하는 것처럼 그들은 걸음아 나 살려라 하고 무작정 달려 카사 데 캄포의 어두운 소나무 숲으로 숨어들었다. 처음에는 파세오 데 피뇨네로스•의 아스팔트 길을 벗어나 숲속을 가로질러 갔다. 그렇게 큰 공원에서 차량 통행이 잦은 곳은 일단 피하는 것이 좋을 것 같았기 때문이었다. 그들은 기찻길을 건너 카미노 데 가라비타스•• 고개 앞에서 멈추었다. 셋은 모두 숨이 차서 헐떡거리면서 땀을 비 오듯 흘리고 있었다. 그들은 서로 얼굴을 쳐다보며, 무슨 말을 하려는 듯 보였다. 하지만 너무 지친 나머지 아무 말도 하지 못한 채, 심장이 뛰는 데 필요한 공기를 허파에 집어넣는 일에 더 신경 쓰고 있었다. 우선 숨을 돌리는 것이 급선무였다.

무거운 침묵이 그곳을 짓누르고 있었다. 거기에 사는 동

---

• 카사 데 캄포 동쪽에 위치한 산책로
•• 카사 데 캄포를 동서로 가로지르는 경사로

물들은 예고 없이 침입자들이 들이닥치자 깜짝 놀라 갑자기 쥐 죽은 듯 조용해졌다. 심지어 바람마저 잦아들면서 나뭇가지들이 울부짖는 소리도 뚝 그쳤다. 아드리안은 고개를 들어 하늘을 쳐다보았다. 그러고는 달이 있는지 다시 둘러보았지만, 여전히 보이지 않았다. 하늘이 구름 한 점 없이 맑은데도 말이다. 밤인데도 달이 보이지 않아 조금 아쉬운 느낌이 들었지만, 다른 한편으로 큰 이점도 있었다. 앞이 잘 보이지 않아 애를 먹었지만, 그만큼 다른 사람들 눈에도 띄지 않았을 테니까.

그 순간 갑자기 클라우디오가 두 손으로 배를 움켜쥐면서 앞으로 고꾸라졌다.

"이제 더 못 가겠어!" 그가 큰소리로 외치자마자, 입에서 토사물이 쏟아져 나왔다.

보르하와 아드리안은 토사물이 자기들에게 튀지 않도록 멀찍이 물러서야 했다. 역한 냄새가 물씬 풍겨 오자 그들도 속이 뒤집힐 듯이 울렁거리기 시작했다. 두 사람도 곧 동시에 고꾸라질 듯이 허리를 숙였다. 그들의 소화 기관 안에 있던 것이 걷잡을 수 없이 쏟아져 나오기 시작했다. 마치 댐의 수문이 열리면서 거센 물줄기가 떨어져 내리는 듯한 모습이었다.

그들은 몇 분 동안 제자리에서 꼼짝도 않았다. 당장이라도 쓰러질 것 같은 무거운 자루처럼 잠시 비틀거렸지만, 간신히 몸을 지탱하려고 안간힘을 쓰고 있었다. 얼마 지나서 조금씩 정신이 들기 시작하자, 그들은 자기들이 만들어 놓은 토사물 웅덩이에서 무심코 물러섰다.

그들은 아스팔트 길과 나란히 이어져 있는 길을 따라 조용히 비탈을 내려갔다. 속에 짊어지고 있던 무거운 알코올의 짐에서 벗어나 카사 데 캄포의 맑은 공기를 마시며 걷다 보니, 세 사람은 몸과 마음이 상쾌해지는 것을 느낄 수 있었다.

M-30°에서 아주 가까운 곳, 도시 순환 고속 도로를 가로질러 가는 터널 부근의 아담한 광장에 이르러, 그들은 공용 식수대 앞에 멈추어 섰다. 그들은 쏟아지는 물줄기에 머리를 들이밀고 얼굴과 손을 씻은 뒤, 입을 헹구었다. 이제는 완전히 딴 사람이 된 듯한 기분이었다. 아니, 실제로는 원래 자기로 돌아온 것 같은 느낌이 들었다. 하지만 어느 누구도 선뜻 말—엉뚱한 말이라도— 을 꺼내지 못했다.

그들은 M-30을 건너갔다. 그들의 동네가, 그리고 그들의 영역이 점점 가까워지고 있었다. 거리에 켜진 가로등, 그리고 몇몇 상점의 간판과 옥외 광고판의 번쩍거리는 불빛이 무척이나 고마웠다. 길고 험난한 여정 끝에 마침내 문명 세계로 돌아온 듯한 느낌마저 들었다. 동네는 평소와

---

● 마드리드 외곽으로 이어져 있는 도시 순환 고속 도로

마찬가지로 그들을 따뜻하게 감싸 주었을 뿐만 아니라, 친근하고 조용했다. 얼마 후면 그들이 벌인 사건을 알게 될 주민들의 생각과 감정을 외면해 줄 것처럼. 단지 겉으로 보기에 말이다.

# 일요일, 05시 30분

동네에 도착하자 비로소 마음이 놓였지만, 흥분된 마음은 좀처럼 가라앉지 않았다. 그들은 계획의 많은 부분, 결코 간단하지 않을 중요한 부분이 아직 남아 있다는 것을 잘 알고 있었다. 도로에서 자동차들이 돌덩이를 피하는 모습과 한 운전자가 엄청난 사고를 당하는 장면을 휴대 전화 카메라로 녹화했지만, 그것을 인터넷상에 퍼뜨리지 못한다면 아무 의미도 없는 셈이었다. 그것이 게임의 첫 번째 규칙이었다. 그들은 이를 너무나 잘 알고 있었다. 그들은 인터넷 서핑과 검색을 하고, 찾아낸 사실을 친구들과 공유하느라 컴퓨터 화면 앞에서 여러 시간을 보낸 끝에 그런 규칙을 정했다. 그라피티 예술가가 지하철역 한가운데서 스프레이로 열차에 그림을 그리는 쾌거를 이루고도, 이를 인터넷에 올리지 않는다면 무슨 소용이 있겠는가? 그것이야말로 삶의 활력이자 진정한 자극이고, 더없는 기쁨이자 가장 가슴 벅차고 짜릿한 순간이 아닐까……. 위험할수록 더 좋은 법이다.

그들이 녹화한 영상을 인터넷에 올린 것은 이번이 처음은 아니었다. 하지만 이번 일의 경우, 사전에 철저한 대비책을 마련해 놓지 않는다면, 상황이 아주 위험해질 수 있다는 것을 그들 자신도 잘 알고 있었다. 아무튼 그들은 일을 통째로 말아먹을 만큼 멍청하거나 아둔하지도, 서투르거나 순진하지도 않았다. 그들은 실수를 저지르지도 않고, 또 정체를 들키지도—들킬 경우 너무 많은 이들을 잃게 된다—않고 모든 일을 잘 처리해 나갈 생각이었다. 악명을 떨치고 싶은 욕망, 주인공이 되고자 하는 욕망만큼 위험한 것도 없을 것이다. 그래서 그들은 모든 말을 일종의 암호로 바꾸어 버렸다. '익명성'을 유지하기 위해서.

그 영상을 촬영한 것이 그들이라는 것을 아무도 알 수가 없었다. 그들이 그 영상을 수차례에 걸쳐 꼼꼼히 검토한 결과, 자신들의 신원을 알아낼 만한 것은 아무것도 나오지 않았다. 육교로 올라가고 있는 보르하와 클라우디오의 실루엣이 두어 번 잠깐 나왔지만, 워낙 깜깜한 밤이었던 데다 거리가 멀어서 전혀 알아볼 수가 없었다. 영상에서 그들의 모습은 저 멀리 지나가는 희미한 그림자에 지나지 않았다. 게다가 그들은 말을 하지 않도록 조심했다. 언젠가 어떤 멍청이가 그랬던 것처럼 서로의 이름을 부르지 않았을 뿐만 아니라, 촬영하는 내내 입을 굳게 다물고 있었다. 단 한 마디의 말도 입 밖에 내지 않았다. 녹화 영상에서는 자동차 소리만 들렸다. 엔진 소리, 브레이크 밟는 소리, 자동차가 미끄러지는 소리, 그리고 부딪치는 소리……. 마치 영화 속 사운드트랙처럼 말이다. 그 소리만으로도 충분했다. 자동차가 전복되는 소리는 머리털이 곤두설 것처럼 끔찍했다. 그들은 휴대 전화 화면으로 그 장면을 반복해서 봤다. 앞으로 건너뛰기도 하다가, 뒤로 되감으면서. 그러고는 다시 앞으로 갔다가 다시 뒤로 가기도 했다. 영상을 보는 동안 묘한 느낌이 가슴속 깊은 곳까지 파고드는 듯했다.

그들이 다니는 학교 쇠살문이 눈앞에 나타났다. 그들은 고등학교 1학년에 재학 중이었다. 셋 모두 같은 반이었고, 낙제라고는 전혀 모르는 모범생들이었다. 자기 성적이 더 좋다고 우기면서 종종 티격태격하기도 했다. 하지만 셋의 실력이 막상막하라서 싸움도 흐지부지 끝나곤 했다. 그들을 보고 있으면, 마치 자기들끼리 서로 배턴 터치 하기로 약속하고, 어떤 경주든 셋이 한 팀으로 승리해야 한다는 것을 알고 있는 것 같았다.

쇠살문은 굳게 닫혀 있었지만, 그들은 쉽게 넘어 들어갈 수 있는 곳을 잘 알고 있었다. 저 뒤쪽에 창살 몇 개가 빠져 철망으로 덮어 놓은 곳이 있었다. 그들은 체육 수업을 하던 교정과 농구장을 가로질러 학교 건물을 둘러싸고 있는 화단을 따라 걸어갔다. 그러고는 교직원용 출입구 같은 곳 앞에 멈춰 섰다. 금속으로 된 문은 안에서 빗장이 걸려 있어 들어갈 수가 없었다. 하지만 그 정도로 그들을 막을 수는 없었다.

문은 표면이 울퉁불퉁했다. 가장 가볍고 날렵한 보르하는 친구들의 도움을 받아 고양이처럼 문을 타고 위층의 창문까지 기어 올라갔다. 손으로 한 번 밀자 창문이 열렸다.

보르하가 안으로 뛰어내리기 직전, 아드리안은 나직한 목소리로 그에게 무언가를 일러 주었다.

"그 어디에도 흔적을 남기면 안 돼!"

보르하는 말없이 고개만 끄덕이고 안으로 뛰어내렸다. 어두운 곳에 있다 왔는데도 불구하고 그 안은 그야말로 암흑천지였다. 그는 어떤 불도 켜면 안 된다는 것을 알고 있었지만, 방향을 잡기 위해 휴대 전화를 꺼내 화면으로 안을 비추었다. 복도에 이르자 모든 것이 더 쉬워졌고 낯익었다. 게다가 항상 켜져 있는 작은 비상등도 몇 군데 달려 있었다. 덕분에 일이 쉽게 풀릴 것 같았다.

그는 다시 직원용 출입구 앞에 이르렀다. 그는 아드리안이 경고한 대로 지문을 남기지 않기 위해 셔츠 자락으로 빗장을 잡고 열었다. 밖에서 기다리던 두 친구가 재빨리 들어왔다.

"자, 어서! 어서 들어오라고! 어서 들어오란 말이야!" 보르하는 초조한 마음을 감추기 위해 같은 말을 되풀이했다.

모두 학교 안으로 들어오자, 그들 셋은 곧장 컴퓨터실로 향했다. 거기에는 교사들은 물론 행정 직원들, 그리고 학생들을 포함해 학교 전체에 필요한 서비스를 제공하는 중앙 컴퓨터가 있었다. 대개의 경우 그들은 교실마다 설치된 컴퓨터 장비를 이용했지만, 특히 컴퓨터 수업을 듣기 위해서 가끔씩 거기로 갔다. 그래서 그곳은 전혀 낯설지 않았다.

하지만 출입문이 열쇠로 잠겨 있었기 때문에 문을 뜯고 들어가는 수밖에 없었다. 그들은 있는 힘을 다해 문을 밀었다. 그러던 어느 순간, 그리 단단하지 않은 나무가 점점 휘더니 우지끈하는 소리와 함께 빠개졌다.

모든 것이 순조롭게 진행되었다. 몇 시간 전 술에 취한 채 공원에 누워 세웠던 계획은 그들 자신도 놀랄 정도로 완벽하게 이루어지고 있었다. 아니, 어쩌면 그들은 너무 불안하고, 너무 초조하고, 너무 흥분한 나머지, 앞뒤 가리지 않고 계속 밀어붙이고, 무엇이든 할 수 있다는 자신감을 만끽하면서 승리감에 한껏 도취되고 싶었을 뿐인지도 모른다.

실수로 뭔가에 스칠 때마다, 그들은 거기 남았을지 모르는 흔적을 당장 옷으로 지워 버렸다. 녹화 영상이 학교 컴퓨터를 통해 유포되었다는 사실이 조만간 밝혀질 것이고, 그럴 경우 경찰이 본격적인 범인 색출 작업에 나설 것이 뻔했다. 만약의 경우를 대비해서 어떤 흔적도 남기지 않는 것이 최선이었다.

당연한 얘기지만, 컴퓨터실에는 필요한 모든 것이 다 갖추어져 있었다. 따라서 인터넷에 접속해서 무료 블로그를 만든 다음, 휴대 전화에 저장된 녹화 영상을 올리는 것은 아주 간단한 일이었다. 자기가 무엇을 찾고 있는지, 따라서 무엇을 찾고 싶은지도 모른 채 인터넷을 쉴 새 없이 돌아다니는 수백만 명의 사람들 중 몇몇이 블로그를 보러 들어오도록 그럴싸한 제목만 달면 그만이다. 그러고 나면 마치 눈덮인 산에서 굴러떨어지는 눈덩이처럼 모든 것이 알아서 잘 진행될 것이다. 그들은 그 작은 눈덩이 하나가 엄청난 눈사태를 일으킬 수 있다는 것을 잘 알고 있었다. 바로 그게 그들이 의도하던 바였다. 정말 그렇게 된다면, 그들은 커다란 성공을 거두게 되는 셈이었다.

그들은 인터넷 연결을 끊고, 다시 접속했다. 그러고는 방금 만든 블로그를 찾아보았다. 그들이 블로그의 첫 번째 방문자였다. 그들은 컴퓨터 화면으로 자신들이 만든 영화를 보았다. 휴대 전화 화면으로 보는 것과는 느낌이 전혀 달랐다. 모든 것이 훨씬 더 리얼해 보이고, 사실에 가까워 보였다. 사고 장면이 나오자, 그들은 자기도 모르게 잠시 숨을 죽였다. 그러고는 서로의 얼굴을 쳐다보고 눈빛을 교환하면서 우물쭈물했다. 하지만 아무도 입 밖으로 질문을 꺼내지 못했고, 대답의 의무도 회피했다.

"이제 다 됐어!" 그 영상을 두 번 보고 났을 때, 입을 연건 아드리안뿐이었다.

그들은 컴퓨터를 끄고 혹시라도 흔적을 남기지 않았는지 다시 확인하기 시작했다. 아드리안은 심지어 셔츠를 벗더니, 그것을 걸레 삼아 컴퓨터 화면, 자기들이 만졌던 케이블, 자판 등, 모든 것을 깨끗이 닦기도 했다. 학교 안에서 아무것도 그들을 막지 못했다. 그 다음에 해야 할 일은 가능한 한 빨리 밖으로 빠져나와 그곳을 떠나는 것이었다. 그 어떤 의혹도 불러일으키지 않기 위해 그들은 안으로 들어갈때와 똑같은 방식으로 나왔다. 다시 말해, 아드리안과 클라우디오가 교직원용 출입구를 통해 나간 뒤, 보르하는 빗장을 걸고 위층 창문으로 빠져나왔다. 나오기 전에 그는 창문을 원래대로 잘 닫아 놓았다.

그들은 다시 화단을 따라 걸어가다 교정과 농구장을 가로질러, 철망의 찢어진 구멍 사이로 조심스럽게 빠져나왔다. 무사히 일을 마치고 다시 거리로 나오자, 그들은 서로 얼굴을 쳐다보면서 속마음을 다 안다는 듯한 미소를 감출수 없었다. 그들은 자신도 모르게 걸음을 재촉하다, 결국 뛰어가기 시작했다. 그러고는 강변에 도착할 때까지 한 번도 멈추지 않았다. 그들은 강물을 막아선 철제 난간에 나란히 몸을 기대고 섰다. 이따금 강에서 불어오는 시원하고 부드러운 바람이 얼굴을 스쳤다.

그들은 고요한 만사나레스* 강물을 멍하니 보고 있었다. 작은 제방 사이에 갇혀 있는 강물, 폭우로 인해 물이 다리 밑까지 차오를 정도로 큰 홍수가 나기만을 수백 년째 기다리고 있는 강물, 그렇게 기다리는 동안 다시 진흙투성이가 되고 탁해져 버린 강물, 동네 노인들이 가끔 낚아 올리지만 늘 모두 놓아주는 커다란 잉어들만 사는 강물.

"추워." 클라우디오는 다시 온몸을 부들부들 떨었다.

아드리안은 어둠에 잠긴 고요한 만사나레스 강물에 시선을 고정시키고 있었다.

"지난여름에 부모님과 알프스 산에 갔어. 캠핑카를 타고 가다가 어느 강가에서 야영을 했지. 물살이 엄청나게 센데, 수영하러 들어가는 사람들이 있더라고. 2미터 정도 들어갔는데, 갑자기 물살에 휩쓸려 버린 거야. 마치 강물에 둥둥 떠다니는 통나무처럼 떠내려가 버리더라니까. 그렇게 100미터 정도 떠내려가더니, 있는 힘을 다해 강가로 헤엄치기 시작하더라고. 너무 멋있었어! 나도 한번 해 보고 싶더라니까."

"그런데 왜 안 했어?" 보르하가 그에게 물었다.

"부모님이 안 된다고 펄펄 뛰더라고. 혹시라도 내가 물에

---

* 스페인의 중부 지방과 마드리드를 가로질러 흐르는 강

빠져 죽을까 봐 겁이 났던 거지."

"너도 속으로는 엄청 겁이 났을 거야."

"당연히 무서웠지." 아드리안은 솔직히 인정했다. "그러니까 한번 해 보고 싶은 마음이 들더라고."

"그런데도 그렇게 위험한 짓을 하고 싶어?" 클라우디오가 떨리는 목소리로 말했다.

"응." 아드리안이 대답했다. "왜 그런지는 잘 모르겠지만, 아무튼 난 그런 게 좋더라. 너희는 안 그래?"

보르하는 어떻게 대답을 해야 할지 몰라 어깨를 으쓱했다.

"난 싫어." 클라우디오가 딱 잘라 말했다. "무서운 거라면 나는 딱 질색이야. 어떻게 그런 걸 좋아할 수 있는지, 이해가 안 가."

"말로 설명하기는 어렵다고 말했잖아." 아드리안은 그렇게 얼버무렸다.

달 없는 어두운 하늘이 서쪽부터 서서히 뿌옇게 변하기 시작했다. 마치 어떤 화가가 어둠에 덮인 하늘에 하얀 물감을 붓으로 칠한 것처럼, 점점 잿빛을 띠기 시작하더니 옅은 누런색과 오렌지 빛깔 사이의 빛이 사방으로 퍼지기 시작했다. 그러자 도시의 윤곽이 서서히 드러났다.

"춥다고!" 클라우디오는 이제 더 이상 참을 수 없다는 듯이 소리를 버럭 질렀다. "난 집에 갈 거야."

아드리안은 고개를 끄덕였다.

"좋아. 이제 가자고."

그들은 걷기 시작했다. 집으로 가는 길은 손바닥 들여다보듯 훤히 꿰고 있었지만, 왠지 방향 감각이 떨어져 길을 잃고 헤매는 듯한 느낌이 들었다. 마치 술을 너무 많이 마셔 매일 밤 밖에서 잠을 자던 벤치조차 못 알아보는 거지나 다름없는 모습이었다. 심지어 왔던 길을 되돌아가거나, 갑자기 방향을 바꾸는 경우도 있었다. 그들이 상상했던 것보다 일이 더 순조롭게 진행된 것만 봐도 그들의 계획은 분명히 성공적이었다. 그런데도 그들을 계속 불안하게 만드는 무언가가, 분명하게 판단할 수도, 따라서 자신 있게 말할 수도 없는 무언가가 마음속에 꺼림칙하게 남아 있었다. 술기운 때문인지 머리에 희뿌옇게 안개가 낀 것처럼 멍한 상태가 계속되면서도, 그 무언가가 그들의 머릿속에서 맴돌고 있었다. 그들은 다른 생각을 하면서 머릿속에서 잡념을 몰아내거나, 다른 데로 돌려 버리려고, 아니면 가장 깊고 어두운 곳에 묻어 버리려고 했지만 뜻대로 되지 않았다.

강기슭을 떠나 주택가로 들어서자 찬바람을 피할 수 있었다. 클라우디오는 그것만 해도 감지덕지했다. 하지만 여전히 몸이 안 좋았다. 미열이 나는 데다, 속이 타들어 가는 듯한 느낌이 들었다. 속에 있던 것을 모조리 게워 냈는데도, 몸은 여전히 정상으로 돌아오지 않았다. 심지어 이따금 메슥메슥 구역질이 올라오면서 혀와 입천장을 모두 태울 것처럼 아린 맛이 입안 가득 퍼졌다. 마침내 누구도 감히 입 밖에 꺼내지 못하던 질문을 불쑥 던진 건 클라우디오였다.

"그 사람은 죽었을까?"

"무슨 소리를 하는 거야?" 보르하는 당황한 듯 그에게 반문을 던졌다. 하지만 그건 지나치게 사실적인 가능성을 외면하려고 엉겁결에 던진 말에 지나지 않았다.

"그 차는 천천히 가고 있었어." 아드리안은 그 문제를 서둘러 마무리 지으려고 했다. "거기는 고속 도로가 갈라지는 곳이잖아. 오른쪽으로 가면 M-30가 나오고, 왼쪽 길은 다리로 이어져. 그러니까 쌩쌩 달리지도 못하는 곳이라고."

"그렇긴 해." 보르하가 옆에서 재빨리 맞장구쳤다.

클라우디오는 여전히 입을 다물고 있었다. 하지만 차라리 쉬지 않고 질문을 던지는 게 낫지, 저렇게 아무 말도 하지 않으니 나머지 두 사람은 답답해 죽을 지경이었다.

"지금 그런 것 가지고 이러쿵저러쿵할 때가 아니야!" 아드리안이 말했다. "그 차에 타고 있던 이들은 우리처럼 멀쩡하다고. 정말이야." 그러고는 클라우디오를 돌아보며 말했다. "그리고 너, 매사를 그렇게 부정적으로만 보지 마! 지금 우리가 해야 할 일은 다른 문제를 생각하는 거라고."

"그게 뭔데?" 클라우디오는 약간 도전적인 어투로 물었다.

"지금부터 말해 줄 테니까 잘 들어." 아드리안은 다시 한 번 확실한 리더로서의 역할을 맡았다. "이제 곧 문자 메시지를 보낼 거야. 많이 보내지는 않겠지만, 그리고 네 휴대 전화로 보낼 거라고."

"왜 하필 내 전화로 보낸다는 거지?"

"그러면 안 될 이유라도 있어? 방금 우연히 그 영상을 봤다고 하면서 링크를 걸어 주기만 하면 돼. 그러면 너를 의심할 사람은 아무도 없을 거야. 그 장면을 한번 상상해 보라고. 너는 집에서 컴퓨터로 무언가를 보고 있다가, 갑자기 그 녹화 영상을 발견한 거야. 그렇다면 친구들에게 그걸 알려야 정상이잖아, 안 그래?"

"물론이지!" 그의 말에 보르하가 다시 맞장구쳤다.

"우리는 논리적으로, 머리를 써야 해. 특히 이제부터는 말이야." 아드리안의 말이 계속되었다. "머리를 많이 쓰고, 철저히 따져 가면서 말이지." 그는 자신이 생각한 바를 큰 소리로 말하기 시작했다. "클라우디오는 새벽에 집에서 컴퓨터를 보고 있어. 그러다 어느 블로그에 올라온 놀라운 녹화 영상을 우연히 발견한 거야. 그럼 너는 누구한테 가장 먼저 문자 메시지를 보낼 것 같아?"

"우리한테 보내겠지." 보르하가 대답했다.

"맞아."

아드리안과 보르하는 그를 도와 짧지만 그럴싸한 문자 메시지를 작성해 주었다. 누구라도 링크를 열어 보지 않고는 못 배길 정도로 도발적인 메시지였다. 그뿐 아니라, 어느 누구도 의심할 수 없을 만큼 의도된 메시지기도 했다.

**방금 이거 건짐. 보고 나면 다들 멘붕 올 거임.**

클라우디오는 제일 먼저 이 메시지를 두 친구에게 보내고, 그 다음으로 아는 이들 중에 인터넷에 중독되어 있어서 그 즉시 도미노 효과를 일으킬 것이 확실한 세 명을 골랐다.

마지막 문자 메시지를 보낸 클라우디오는 이미 여러 번 반복한 말을 다시 꺼냈다.

"추워."

집 근처에 이르자, 그들은 작별 인사를 나누면서 저녁을 먹고 다시 만나기로 약속했다. 그 순간, 그들에게 가장 절실한 것은 원기를 회복하고 그날 경험한 감정을 누그러뜨리기 위해 침대에 누워 발 뻗고 몇 시간 푹 자는 것이었다. 한숨 푹 자고 저녁에 만나면, 세상이 전혀 다르게 보일 것이다. 그때쯤, 그들은 지난밤에 있었던 일을 모두 받아들이고, 이 세상에서 그런 일을 벌인 사람이 거의 없다는 것을 깨닫기 시작할 것이다.

# 일요일, 06시 30분

아드리안은 두 친구를 집 앞까지 바래다주었다. 밤을 꼬박 새웠지만, 잠이 오지 않았다. 잠자리에 들자마자 곧장 곯아떨어질 것 같지도 않았다. 눈을 붙이지 않아도 말짱한 정신으로 하루를 보낼 수 있을 듯했다. 지난밤 강렬한 감정을 경험한 덕분에 정신이 말똥말똥했던 것 같았다. 그는 그런 느낌을 특히 좋아했다. 그래서 지난밤에 벌어진 온 광경을 떠올릴 때마다 희열감을 느꼈다. 그는 가끔씩 휴대 전화를 꺼내 녹화된 영상을 다시 보곤 했다. 그는 클라우디오의 근심 어린 표정을 생각하며, 마음속 깊은 곳에서 그와 같은 생각을 하고 있었다. 그는 중앙 분리대를 들이받고 여러 번 구른 것치고는 차가 그렇게 많이 찌그러지지 않았다는 사실이 떠올랐다. 게다가 자동차 뒷좌석도 심하게 파손되지 않았다. 좋은 차라서 크고 단단했다. 그 안에 타고 있던 사람들은 크게 다치지 않았을 것이다. 어디가 긁히거나 타박상, 아니면 기껏해야 골절 정도일 것이다. 크게 문제가 될 것은 전혀 없었다.

생각이 거기에 미치자 그는 다소 마음이 놓였지만, 평온을 되찾지도, 잠이 오지도 않았다. 그는 집에 들어가는 대신, 강가로 돌아가기로 결심했다. 그가 살던 동네는 만사나레스 강과 나란히―강과 M-30 사이로―평행을 이루며 혀 모양으로 길게 뻗어 있었다. 주민들은 그곳이 오래된 동네로 서민적인 정취를 뚜렷하게 간직하고 있을 뿐만 아니라, 마드리드의 역사 지구와 가까운 거리에 있어 좋다고 언제나 입을 모아 칭찬하곤 했다.

아드리안은 다시 강기슭을 따라 이어져 있는 난간에 기대어 서서 더러운 강물을 빤히 바라보았다. 곧이어 고개를 들자, 저 멀리 왕궁과 알무데나 대성당의 윤곽은 물론, 심지어 산 프란시스코 엘 그란데•의 거대한 둥근 지붕까지 어렴풋이 드러나고 있었다. 하늘이 서서히 밝아 오기 시작했다. 건물들은 어두운 밤에서 신비롭게 떠오르는 그림자처럼, 가

---

• 왕궁은 스페인 국왕의 공식적인 거주지지만, 현재는 국가 행사나 의식이 거행되는 장소로 사용되고 있다. 알무데나 대성당은 마드리드 대주교 성당으로, 1561년 톨레도에서 마드리드로 이전되었다. 산 프란시스코 엘 그란데 왕실 대성당은 18세기 신고전주의 건축 양식으로 지어진 대성당이다. 모두 마드리드 중심부 역사 지구에 위치하고 있다.

장 잘 알려진 도시의 모습을 서서히 드러내 주는 그림자처럼 보였다.

그는 다시 휴대 전화를 꺼내 시간을 보았다. 여섯 시 반이 조금 넘은 시간이었다. 그 순간, 누리아가 생각났다. 그 아이는 밤새도록 공부할 거라고 말했다. 평소 그 아이의 의지력과 고집을 너무 잘 알고 있던 터라 그는 그 말이 과장이 아니라는 것을 알고 있었다. 더군다나 아직도 자지 않고 어디에 홀린 사람처럼 계속 교과서를 훑어보고 있을 것이 분명했다. 그 아이는 늘 그런 식이었다. 그렇게 하지 않으면 직성이 풀리지 않는 성격이었다. 누리아는 자신감 넘치는 타입이 결코 아니었기 때문에, 이미 배운 내용은 물론, 충분히 이해한 것까지도 반복해서 공부했다. 그 결과 학교에서 최고의 성적을 받았으며, 선생님들도 항상 그녀를 모범으로 삼았을 정도였다.

아드리안은 지금쯤 누리아가 책상 위에 팔을 괴고 공부하고 있으리라는 것을 알고 있었기 때문에 전화를 걸어도 괜찮겠다는 생각이 들었다. 그 순간, 그는 그녀와 이야기를 나누고 싶은 마음이 간절해졌다. 둘은 사귄 지 벌써 여섯 달이 지났지만, 처음보다 더욱 깊이 서로를 사랑하고 있었다. 여섯 달이면 긴 시간이다. 누리아는 절대 잠시 만나다 헤어질 아이가 아니었다. 어쩌면 그 아이를 처음 만나는 순간 이를 직감했는지도 모른다. 다만 그 아이가 도시의 반대편 끝, 그의 동네와 환경, 그의 친구들로부터 너무 먼 곳에 산다는 것이 안타까울 뿐이었다. 그들은 자기들끼리 중립 지대라고 부르던 곳에서 만났다. 그렇지만 아드리안은 이따금 누리아의 집을 찾아가 그녀의 부모님을 만났고, 그 아이 또한 가끔씩 그의 집에 놀러 오기도 했다. 그럴 때는 예절과 격식을 갖추었다. 아드리안은 누리아와 함께 있을 때 가장 행복했고, 그 아이가 없는 삶은 상상할 수조차 없었기 때문에 그처럼 딱딱한 격식마저도 오히려 기쁜 마음으로 받아들였다.

그는 휴대 전화 화면에서 연락처를 선택한 다음, 누리아라는 이름을 찾았다. 전화를 건 그는 얼굴에 미소를 띠고 기다렸다.

잠시 후, 전화기에서 낯선 목소리가 흘러나왔다. 상대방이 통화 중이라는 안내 멘트였다. 그는 계속 전화를 걸었지만, 그때마다 똑같은 목소리가 똑같은 메시지를 반복했다.

아드리안은 이상한 생각이 들었다. 통화 중이라고? 그 시간에 누구와 통화를 하고 있었던 걸까? 어쩌면 그 아이가 누군가와 통화하고 있었던 것이 아니라, 전화기를 꺼 놓아서 그런 메시지가 나오는 것일 수도 있었다. 그게 아니라 정말 통화 중이었다면, 대체 누구와 전화를 하고 있었던 걸까? 그런 경우라면, 누리아처럼 그 시간까지 계속 공부하고 있는 여자 친구나 학교 친구에게 전화를 걸었을지도 모른다는 생각이 들었다. 그들은 가장 자신 없는 부분에 대해 서로 묻거나, 시험에 나올 가능성이 높은 문제에 관해 의견을 교환하고 있었을 것이다.

그는 아무것도 하지 않고 멍하니 기다렸다. 하지만 그에게는 그 시간이 무척 길게만 느껴졌다. 그러던 어느 순간, 휴대 전화 진동 소리에 그는 화들짝 놀랐다. 누리아의 전화가 이제 수신 가능하다는 메시지 알림음이었다.

그는 자기도 모르게 안도감을 밖으로 드러내려는 듯 깊은 한숨을 내쉬고, 곧바로 누리아에게 전화를 걸었다. 귀에 익은 음악이 흘러나오는 걸 보니, 이번에는 전화가 제대로 연결되는 모양이었다. 하지만 계속 음악만 흘러나올 뿐, 누리아의 목소리는 들리지 않았다. 하지만 아드리안은 전화가 자동 응답기로 넘어가지 않는다는 것을 알고 있었다. 왜냐하면 며칠 전 아드리안과 누리아가 휴대 전화에서 그 기능을 모두 꺼 놓았기 때문이었다. 기다리다 지쳐 전화를 끊어 버렸다. 대관절 어떻게 된 일인지 도무지 이해가 되지 않았다. 조금 전까지만 해도 통화 중이던 전화를 이제는 아예 받지도 않으니, 그는 어찌 된 영문인지 몰라 어리둥절했다. 말도 안 되는 일이었다. 그는 잠시 무언가를 골똘히 생각했다. 어쩌면 누리아는 공부하는 데 방해되지 않도록 휴대 전화를 무음으로 설정해 놓았는지도 모른다. 만약 그렇다면 전화를 걸 수는 있겠지만, 전화가 걸려 오는 경우, 이를 들을 수가 없을 테니까. 그렇다. 아무래도 그럴 가능성이 클 것 같았다. 하지만 아드리안의 마음속에 온갖 의심이 들솟기 시작했다.

그는 난간 가까이 있는 나무 벤치에 앉았다. 그러고는 발을 벤치 가장자리에 올려놓았다. 그는 휴대 전화를 허벅지 위에 놓고, 두 팔을 벤치 등받이 위에 올렸다. 여전히 정신이 말똥말똥했지만 집에 가서 잠자리에 드는 게 좋을지 잠시 생각했다. 하지만 지금 가나, 조금 있다 가나 매한가지였다. 어차피 집에 가 봐야 부모님도 없으니까.

엄마 아빠는 전날 오후에 산에 갔다. 아마 일요일 저녁이나 돼야 집에 돌아올 것이다. 여름이 거의 다 끝나 가고 있었기 때문에, 부모님은 캠핑카를 정비할 계획을 세우고 있었다. 그는 절대로 그들을 따라가지 않겠다고 했고, 그의 여동생인 레예스도 마찬가지로 안 간다고 했다. 이제 막 열세 살이 된 여동생은 스스로 모든 일을 결정내리기 시작했다. 어쩌면 그런 이유 때문에, 그는 여동생이 잘 있는지 확인하기 위해서 집에 돌아가야만 했을 것이다. 여동생을 주의 깊게 지켜보겠다고 부모님과 약속도 했다.

그는 갑작스레 자세를 고쳐 앉더니, 휴대 전화를 집어 들어 누리아에게 다시 전화를 걸었다.

너무나 귀에 익은 그 음악이 다시 흘러나오기 시작했다.

왜 전화를 안 받는 걸까? 혹시 공부하다가 책상에서 잠이 든 걸까? 아니면 침대에 자러 가면서 전화를 무음으로 설정해 놓은 걸까? 두 번째 추측이 더 타당해 보였다.

그는 오빠로서의 역할을 다하기 위해, 그리고 레예스를 내팽개치고 혼자 싸돌아다녔다고 부모님들한테 혼나지 않기 위해 집으로 돌아가려고 벤치에서 벌떡 일어났다. 하지만 50미터도 채 가지 못하고 다시 전화를 걸었다. 그러지 않고는 배길 수 없었다. 그는 아무 생각 없이, 억제할 수 없는 충동에 휘말려 다시 전화를 걸고 말았던 것이다.

그리고 기존의 평범한 벨소리를 대신해 흘러나오던 그 음악 소리—불과 보름 전에 그녀에게 전송해 준 음악이었다—를 듣자 그는 속에서 화가 치밀어 올랐다. 그는 끓어오르는 분노를 삭이지 못해 얼굴이 붉으락푸르락했다. 그 순간, 마음속의 무언가가 누리아는 잠자리에 든 게 아니라고 그의 귀에 대고 속삭였다. 그런데 왜 전화를 받지 않는 걸까?

그는 집에 도착하기 전에 일부러 먼 길로 빙 돌아갔다. 그녀에게 다시 전화할 구실을 찾고 싶었기 때문이었다. 그러다 결국 대문 몇 미터 앞에서 전화를 걸었다. 그는 재발신 표시를 지우고, 처음 전화를 걸 때처럼 순서에 따라 하나씩 다시 시작했다. 화면 켜기. 잠금 해제. 연락처. 누리아.

다시 그 음악이 흘러나왔다. 불과 며칠 전까지만 해도 그렇게 좋던 음악이 이제는 혐오스러워질 것 같았다.

그가 전화를 끊으려던 순간, 갑자기 음악 소리가 멈추었다. 드디어!

"누리아!" 그는 그녀가 대답할 틈을 주지 않았다.

"아드리안……"

"네가 잠도 안 자고 공부하고 있을 거라고 생각했어. 그래서 전화한 거야."

"아드리안……"

그 아이가 자기 이름을 재차 부르자, 무슨 일이 있었다는 것을 직감할 수 있었다. 누리아의 목소리가 분명했지만, 평소 그 아이의 목소리와 전혀 달랐다. 말투나 분위기도 마찬가지였다.

"괜찮아?"

"아니."

아드리안은 누리아가 목이 메어 말을 잇지 못하고 있다는 것을 알아차렸다.

"무슨 일 있니, 누리아?"

"너무…… 끔찍해."

그 말을 듣는 순간, 아드리안은 엄청난 긴장감에 휩싸였다. 안 그래도 주체할 수 없는 불안감과 초조함은 대화가 진행될수록 더 커져 가기만 했다.

"무슨 일 있었어? 도대체 무슨 일이야……?"

"엄마가……."

"네 어머니가 왜?" 아드리안은 무슨 말인지 도무지 감을 잡을 수 없었다. 그는 누리아가 속 시원하게 모두 털어놓도록 질문을 퍼부었다. "어머니 지금 어디 계신데? 어머니한테 무슨 일이 생긴 거야?"

"지금……." 누리아는 터져 나오는 울음을 참느라 잠시 말을 잇지 못했다. "지금…… 상태가 심각해. 의사들은 다른 말은 할 줄 모르나 봐. 볼 때마다, 상태가 아주 안 좋아요, 아주 안 좋아요, 아주 안 좋아요…… 같은 말만 되풀이하고 있어."

"그런데 지금 어디 계셔?"

"병원에."

수많은 생각들이 아드리안의 머릿속을 스치고 지나갔다. 돌발적으로 나타나는 급성 질환이 가장 먼저 떠올랐다. 그가 알기로는, 누리아의 어머니는 매우 건강한 편이었다. 그녀는 일주일에 세 번씩 헬스클럽에 갈 정도로 건강 관리에 신경 썼다. 그래서 그녀는 전혀 아프지 않은 것처럼 보인 것이다. 그러다 어느 순간, 예기치 못한 일이 갑자기 일어난 것이 틀림없었다.

"혹시 심장 마비니?" 그가 물었다.

"아냐. 교통사고를 당해서……." 누리아는 말을 마치기도 전에 참았던 울음을 터뜨리고 말았다.

아드리안은 누리아를 진정시키려고 했지만, 어떻게 해야 할지 몰랐다. 그런 상황에서는 어떤 말을 해도 아무 소용이 없었다. 그는 잠시 기다리기로 했다. 울음소리가 잦아들기 시작하자, 그는 다시 물었다.

"그럼 아버지는?" 그 순간, 자기 부모님이 친구 집에 저녁 식사를 하러 간다는 이야기를 누리아한테서 들었던 기억이 떠올랐다.

"아버지는 괜찮으셔. 한쪽 팔에 상처가 좀 났을 뿐이니 까. 하지만 엄마는……."

누리아는 슬픔에 잠긴 채 멍하니 진이 빠진 듯했다. 그 녀로서는 아드리안에게 자초지종을 이야기하는 것만으로 도 너무 힘들었다. 고통이 너무나 커 천근만근 무거운 돌덩 이가 그녀의 가슴을 짓누르는 것 같았다. 그래서 그녀는 울 고, 또 울 수밖에 없었다. 앞으로 달랠 길 없이 영원히 계속 되는 울음 속에서 살 것만 같았다.

아드리안은 이처럼 힘들게 계속 대화를 나눠 봐야 무슨 의미가 있을까 싶었다. 이제 결단을 내려야 할 때인 것 같 았다.

"어느 병원에 있어?" 그가 물었다.

"클리니코 병원에."

"응급실이니?"

"응."

"지금 당장 거기로 갈게."

그는 전화를 끊었다. 그저 누리아의 울음소리를 계속 듣고만 있을 수는 없었다. 행동에 나서야 할 때였다. 그는 직접 부딪쳐 행동하는 데 익숙했다.

그는 집으로 뛰어 올라가, 레예스를 깨우지 않도록 조심하지도 않고 들어갔다. 속으로는 오히려 동생이 일어나기를 바랐다. 그는 곧장 화장실로 달려가 얼굴을 씻은 다음, 입안이 끈적끈적하면서도 무디어진 듯 이상한 느낌이 들어 이를 닦았다. 그러고는 옷을 갈아입고 여동생의 방으로 향했다. 그는 복도로 나가자마자, 자기 방 문설주에 기대 서 있는 여동생과 마주쳤다.

"무슨 일이야?" 레예스가 졸린 듯 눈을 반쯤 감은 채 그에게 물었다.

"나갔다 올게."

"우라질! 방금 들어와 놓고 또 나간다는 거야?"

"누리아의 부모님이 사고를 당했어. 특히 어머니는 상태가 안 좋은가 봐."

"이런 젠장!"

아드리안은 동생을 쳐다보았다. 나쁜 말을 했다고 평소처럼 동생을 나무랄 생각은 없었지만, 열세 살밖에 안 된 꼬맹이가 왜 저런 몹쓸 말을 하는 건지 도무지 이해할 수가 없었다. 때때로 그런 말을 하면서 즐거워하는 것 같기도 했고, 도발하면서 자기의 주장을 끝까지 우기려고 그러는 것 같기도 했다. 그 자신도 아무 데서나 욕설을 내뱉곤 했지만 동생의 입에서 그런 말이 튀어나오면 기분이 몹시 언짢아졌다.

"지금 누리아가 있는 병원에 갈 거야. 몇 시쯤 돌아올지 모르겠어. 그러니까 밥 먹을 때까지 내가 안 오면, 너 혼자 먹도록 해."

"알았어."

"그리고 엄마 아빠가 오시면, 네가 알아서 말씀드려."

"알았다고 했잖아. 내가 무슨 바보 멍청이인 줄 알아?"

"글쎄다. 그런 말을 할 때 보면, 정말 바보 멍청이 같아."

아드리안은 집에 들어올 때와 마찬가지로 뛰어나갔다. 그는 엘리베이터 대신 계단을 고삐 풀린 말처럼 뛰어 내려갔다. 초조하고 불안했지만, 정신은 더욱 말똥말똥했다. 누리아는 그가 필요했다. 그래서 그는 절대로 그 아이의 곁을 떠나지 않기로 마음먹었다. 이번만큼은 누리아를 실망시킬 수 없었다.

거리로 나오자, 누리아의 어머니가 자기 동네에서 가장 가까운 클리니코 병원에 실려 온 것이 정말 다행스러웠다. 그는 오토바이를 묶어 놓은 가로등으로 가서, 쇠사슬에 채워진 자물쇠를 풀었다. 그는 헬멧을 쓰고 오토바이에 타자마자 시동을 걸었다. 그러고는 연석緣石을 넘어 전속력으로 출발했다. 그는 5분 만에 클리니코 병원에 도착해 누리아 곁에 있었다. 그 순간, 누리아는 그의 삶에서, 어쩌면 이 세상에서 가장 중요한 사람들 중 하나가 되어 있었다.

날이 밝아 오면서 도시도 서서히 제 모습을 드러내기 시작했다. 도시는 토요일 밤의 숙취로 아직 잠이 덜 깬 듯 연신 하품을 하면서도 진한 커피 향기를 맡으며 정신을 차리고 있었다. 혼잡한 평일과 달리 도로는 한산한 모습이었다. 아드리안은 플로리다 대로의 신호등이 빨간불이었는데도, 이를 무시하고 그대로 지나가 버렸다. 그러고는 오에스테 공원 방향의 가파른 언덕길로 들어섰다.

그는 병원으로 가는 길을 다 외우고 있었다. 로살레스 대로를 건너 마르케스 데 우르키호를 따라 올라가다 프린세사에서 좌회전한 다음 몽클로아까지 직진한다. 그리고 군인 주택 아래로 뚫린 터널을 지나 이삭 페랄 방향으로 가다가 끝에서 크리스토 레이 광장 반대편으로 가면 클리니코 병원 입구가 나타난다.

그는 오에스테 공원을 가로지르는 동안, 심호흡을 여러 번 했다. 그때마다 티 없이 맑은 공기가 폐 속으로 들어오는 것 같았다. 산에서 곧장 내려와 그의 몸속을 깨끗이 하면서 기운이 솟아나게 해 주는 공기. 무슨 일이든 할 수 있도록 힘을 실어 주는 공기. 여러 가지 어려운 일이 생기겠지만 새로운 하루를 시작할 수 있도록 삶의 의욕을 북돋아 주는 공기. 그는 있는 힘을 다해 공기를 계속 들이마셨다. 새벽의 맑은 공기를 너무 걸탐스레 들이켜는 바람에 하마터면 오토바이가 균형을 잃어버릴 뻔했다.

# 일요일, 08시 15분

클리니코 병원 주차장은 만원이었지만, 아드리안은 SUV 승용차와 나무 사이에 오토바이를 세울 수 있었다. 그는 응급실로 이어지는 경사로를 향해 처음에는 뛰어서, 나중에는 빠른 걸음으로 걸어갔다. 입구에 들어서자마자, 그는 그 안에 그토록 많은 사람들이 있는 것을 보고 깜짝 놀랐다. 어떤 이들은 오랫동안 기다리다 지쳤는지, 여러 방 앞에 일렬로 놓인 작은 의자에 앉아 졸고 있었다. 또 어떤 이들은 가만히 앉아 있기도 뭣한 데다 초조한 마음을 가라앉히려고 복도를 서성거리고 있었다. 그리고 한쪽에는 삼삼오오 모여 앉아 즉석에서 열띤 대화를 나누고 있는 듯 보였다. 또 한 걱정스러운 표정을 짓고 있는 가족과 함께 자기 차례를 기다리는 환자들도 많았다. 그리고 그러한 혼돈의 한복판에서 의료진들은 이 문 저 문으로 분주하게 움직이고 있었다. 그들은 방향을 잃고 미로 속을 헤매지만 자기를 외부로 내보내 줄 아리아드네의 실을 찾지 못한 사람들처럼 이 문 저 문으로 들락날락거렸다.

아드리안은 누리아를 찾아 여기저기 헤매고 다녔다. 그는 복도를 따라 걸어가면서 대기실을 하나씩 둘러보다, 간호사들이 휠체어를 탄 할머니 환자를 데리고 나오는 틈을 이용해 응급실 안을 힐끗 보았다. 그 순간, 누리아의 어머니를 특별 병동으로 옮겨 치료하고 있을 가능성이 높을 거라는 생각이 들었다. 안내 데스크를 찾아가 볼까 생각했지만, 아무래도 전화를 거는 것이 가장 빠를 것 같았다. 전화 한 통이면 그녀의 위치를 쉽게 확인할 수 있을 테니까.

화면 켜기. 잠금 해제. 연락처. 누리아.

다시 귀에 익은 음악 소리. 그 노래가 귀에 거슬리기 시작했다. 며칠 전 그의 마음을 사로잡았던 노래였건만, 갑자기 정이 떨어졌다.

그는 전화를 끊고 다시 걸었다.

누리아는 도대체 어디에 있는 걸까?

마침내 그는 정문 옆에 있는 카운터로 향했다. 여러 명이 자기 차례를 기다리고 있었다. 그런 자질구레한 절차까지 지켜야 한다는 생각에 그는 머리 꼭대기까지 화가 치밀어 올랐다. 사람들로 혼잡한 와중에 그는 여자 친구를 찾으려고 사방을 두리번거렸다. 그 순간, 기적이 일어났다. 중앙 복도로 이어지는 문 하나가 열리면서, 의사 뒤를 따라 나오는 누리아의 모습이 언뜻 눈에 띄었다. 의사는 그녀와 잠시 이야기를 나누더니, 어디론가 가 버렸다. 아드리안은 자기도 모르게 그녀에게 뛰어갔다. 물론 그런 곳에서 뛰어간다고 꼭 빨리 도착하는 것은 아니지만 말이다.

그는 누리아 앞에서 서서 그녀를 빤히 바라보았다. 그사이 너무도 변한 그 아이의 모습을 보자 코끝이 찡해졌다. 얼굴은 핏기 하나 없이 창백한 데다, 눈은 벌겋게 충혈되고 눈꺼풀은 잔뜩 부어올라 있었다. 창백한 입술은 가늘게 떨리고 있었고, 고통으로 일그러진 표정은 그의 마지막 세포까지 다 집어삼키는 것만 같았다.

"누리아!" 그는 그렇게 외칠 수밖에 없었다.

그녀는 그의 품에 달려들어 안겼다. 아니 오히려 그의 품안에 숨어들어, 웅크리면서 몸이 움츠러들었다고 하는 편이 나을 것 같았다. 그녀는 아드리안이 자기를 와락 껴안으면서 몸으로 감싸 주기를 바라고 있었다. 그는 그 아이의 눈에서 하염없이 흘러내리는 눈물—그녀는 눈물을 나약함의 표시로 여겼다—을 보자 또다시 모든 것이 송두리째 무너져 내리는 듯했다. 몇몇 사람들은 무관심하게, 아니면 자기 문제에 더 골몰하면서 그들 곁을 지나쳐 갔다. 반면 두 젊은이들이 어떤 비극을 겪었는지 상상하면서 한마디씩 하는 이들도 있었다. 그건 기다림, 기나긴 기다림, 불안한 기다림의 시간을 때우는 나름의 방식이었다.

아드리안은 누리아를 꽉 껴안았다. 그러자 그녀의 눈물이 그의 셔츠 어깨 부분을 다 적시고 말았다. 그는 엉킨 머리카락을 풀어 주듯이 손가락으로 머리를 부드럽게 쓸었다. 그런 느낌은 처음이었다. 하지만 그 느낌이 나쁘다고 말할 수는 없었다. 비록 그녀는 가슴이 찢어지는 듯 고통스러웠지만, 그는 그녀를 따뜻하게 위로하면서 안아 주자 오히려 기분이 좋아졌다. 그래서 그는 아무 말도 하지 않고 그 상황을 그대로 유지하려고 했던 건지도 모른다. 마침내 조금 정신을 차린 누리아는 살짝 뒷걸음질 쳤지만, 그의 품에서 완전히 떨어져 나오지는 않았다.

"교통사고가 났어." 그녀는 마침내 "집으로 돌아오시다가…… . 너무 끔찍해!"

"아직 최악의 상황을 생각할 필요는 없어." 아드리안은 그녀를 안아 주는 것만으로는 부족하다는 것을 알고 있었다. 그래서 그는 자신이 보기에도 정해진 공식처럼 공허한 말을 꺼내기 시작했다. "다 잘 될 테니까, 경과를 지켜보자."

"방금 의사들한테 들었는데, 상태가 아주 심각하대."

"잘 이겨 내실 거야."

"나도 의사한테 엄마가 살 수 있는지 물어봤어. 그런데 나를 쳐다보면서 고개를 젓기만 하더라고."

말을 마치기가 무섭게 누리아는 다시 울음을 터뜨렸다.

이번에는 터져 나오는 울음을 참을 수가 없었다. 아드리안은 그녀의 어깨를 잡고 문으로 걸어갔다. 답답한 공간에서 들이마신 공기가 몸에 해로울 것 같았기 때문이었다. 그들은 병원 특유의 냄새가 나지 않는, 깨끗하고 신선한 공기를 마셔야 했다.

"밖으로 나가자."

누리아는 그의 손에 이끌려 밖으로 나갔다. 그녀는 경찰이 집에 전화를 걸어 사고 소식을 알려 주었을 때부터, 스스로 아무 결정도 내리지 않았다는 생각이 들었다. 자기도 모르게 계속 무언가에 의해 이끌려 다녔을 뿐이었다. 그녀는 사고에 이끌려 다녔다. 그녀는 변덕스럽고 부당한 삶에 이끌려 다녔다. 이제는 남자친구인 아드리안의 손에 이끌려 다니기까지 했다. 하지만 그녀는 응급실의 문에서, 그 커다란 문에서, 끊임없이 드나드는 이동식 침대에 긁힌 자국으로 가득 찬 두 개의 반투명 유리문에서 잠시도 벗어나고 싶지 않았다. 의사가 절대로 들여보내 주지 않던 그 문, 그녀를 엄마와 갈라놓은 그 문에서.

밖에는 시원한 바람이 불고 있었다. 몽클로아*의 바람은 소나무, 록 로즈**, 로즈메리, 그리고 수백 가지의 야생화

---

* 스페인 마드리드의 행정구역으로, 카사 데 캄포, 마드리드 대학교, 아르구에예스 등이 여기에 포함되어 있다. 정식 명칭은 몽클로아-아라바카이다.

향기를 싣고 산에서 곧장 불어오는 듯했다.

"숨을 깊이 들이마셔 봐." 그 순간 그의 머릿속에 떠오른 말은 그것뿐이었다.

"내 곁에 있어 줘서 고마워." 그녀가 그에게 말했다.

아드리안은 그녀에게 자신이 소중한 존재라는 것을 다시금 느끼게 되었다. 아무튼 그는 가장 힘든 순간에 그녀 곁을 떠나지 않고 계속 위로하고 용기를 북돋아 주면서 스스로 더 어른이 된 듯했을 뿐만 아니라, 더 남자답고 더 성숙해진 느낌이 들었다. 원래 제대로 된 남자만이 그런 행동을 할 수 있는 법이다. 그리고 그 역시 어엿하고 의젓한 어른으로 변해 가는 중이었다.

"나는 영원히 네 곁을 떠나지 않을 거야." 그는 자신의 생각을 확고히 하려는 듯이 말했다.

"하지만 마음이 너무 아파."

"우선 마음부터 좀 가라앉히도록 해."

"그건 불가능해. 지금 엄마가 저 안에서 죽어 가고 있다고. 그런데도 나는 엄마를 위해 해 줄 수 있는 게 없어."

"의사들이 최선을 다하고 있잖아. 그러니까 너무 걱정하지 마."

"하지만 난 엄마 곁을 지키고 싶어. 엄마 손을 잡고 무슨

---

●● 시스투스과의 상록 교목

55

말이라도……."

이드리안은 자기도 모르게 고개를 살짝 돌렸다. 응급실 문턱이 눈에 들어왔다. 그 안에서 낯익은 인물이 눈에 띄었다. 그 사람은 누군가를 찾고 있는 것처럼 보였다. 아드리안은 본능적으로 팔을 들어 그 사람에게 신호를 보냈다.

"네 아버지야." 그가 누리아에게 일러 주었다.

남자는 그들을 보자마자 그쪽으로 걸어오기 시작했다.

"다행히 아빠는 무사하셔." 그녀가 그에게 말해 주었다. "몇 군데 긁히고 엉덩이에 타박상을 입었을 뿐이니까."

누리아의 아버지 빅토르는 일그러진 얼굴을 하고 그들 앞에 멈춰 섰다. 고통, 분노, 절망이 어지럽게 뒤엉킨 표정이었다.

"아, 아드리안. 어떻게 알고 여기까지 와 주었구나." 그는 아드리안에게 손을 내밀어 악수를 청했다.

"아빠, 엄마 봤어?" 누리아가 조바심을 치며 급하게 물었다.

"잠깐 봤어. 곁에 있으려고 했는데, 의사들이 안 된다고 하더구나."

말을 마치기가 무섭게 빅토르는 울음을 터뜨렸다. 옆에서 그를 지켜보던 아드리안도 가슴이 뭉클해졌다. 그는 누리아의 아버지를 잘 알고 있었지만, 그런 모습을 보게 되리라고는 상상조차 하지 못했다. 그는 안절부절못하며 어쩔 줄 몰라 했다. 아드리안으로서는 그런 상황을 감당할 수 없었다. 여자 친구를 위로할 수는 있었지만…… 그녀의 아버지는 어떻게 한단 말인가?

"저는 누리아가 늦은 시간까지 공부하고 있을 거라 생각하고 전화했거든요. 그랬다가 무슨 일이 났는지 알게 됐어요." 아드리안은 잠자코 있을 걸 괜히 나섰다는 생각이 들어 허둥거리며 말했다.

"고맙구나." 빅토르는 그의 등을 가볍게 토닥거리며 말했다. 그러고는 산에서 불어오는 시원한 산 공기의 매력을 느낀 것처럼 숨을 두어 번 깊게 들이마셨다. 그러자 잠시 마음이 진정되는 것처럼 보였다.

"제가 할 일이 있으면 뭐든……." 아드리안이 나서며 말했다.

"지금 우리가 할 수 있는 일이라고는 아무것도 없단다." 빅토르가 그에게 대답했다. 이번에는 침착한 태도를 잃지 않았다. "의사들도 엄마의 심장 박동이 멎지 않도록 기계에 연결시켜 놓는 것 말고는 달리 할 수 있는 일이 없어."

빅토르는 고개를 절레절레 흔들더니 한동안 생각에 잠긴 듯 아무 말도 하지 않았다. 잠시 후, 그는 아드리안을 돌아보았다.

"담배 가진 것 있니?" 빅토르가 그에게 물었다.

"아뇨. 전 담배를 안 피우는데요."

"잘 생각했어. 나도 담배를 끊은 지 십 년이나 됐단다. 하지만 지금은 한 갑을 다 피울 것 같구나."

잠시 후, 그는 초조한 듯 이리저리 서성거리다, 헤드라이트를 켜고 사이렌을 울리며 병원에 도착한 구급차가 지나가도록 길을 비켜 주었다. 그러고는 의식을 잃은 듯 보이는 중년 남자가 실려 나오는 모습을 곁에서 지켜보았다. 구급차가 떠나자, 빅토르는 서로 허리에 손을 두르고 있는 아드리안과 누리아에게 다가갔다. 그런데 갑자기 그의 얼굴이 굳어지면서, 눈빛이 차가운 돌이나 쇠처럼, 아니면 불이 이글이글 타오르는 것처럼 보였다.

"그 개자식들을 찾으러 가야겠어!" 그가 소리 질렀다.

아드리안은 어리둥절한 표정으로 누리아를 쳐다보았다. 아드리안의 표정에서 무슨 낌새를 눈치챈 빅토르가 그에게 물었다.

"어떻게 하다 사고가 일어났는지 누리아한테 들었니?"

"아뇨."

"어떤 자가 사고를 일으킨 거야."

"무슨 말씀이세요?"

"우리는 친구들과 밤을 보내고 집으로 돌아오는 길이었어." 빅토르는 자초지종을 설명하기 시작했다. "카스티야 고속 도로를 따라 마드리드로 들어오는데, 프랑스인들의 다리에 이르기 직전 어떤 놈이 육교에서 돌덩이를 던졌어. 그게 우리 몇 미터 앞에 떨어지면서 박살나 버리더라고. 순간적으로 돌을 피하려고 급하게 핸들을 꺾다가, 그만 차가 중심을 잃고 말았어. 우리 차는 옆에 있던 가드레일을 들이받고 튕겨 나오면서, 중앙 분리대에 부딪혔지. 그 충격으로 차가 전복되면서 두 번이나 구르다 결국 뒤집히고 말았다고."

빅토르는 계속 말할 수가 없었다.

누리아의 아버지가 말을 중단하자, 아드리안은 잠시라도 마음을 놓을 수 있었다. 하지만 그 순간 아주아주 낯선 불쾌감이 그를 사로잡고 몸속으로 퍼져 나가기 시작했다. 존재를 조금씩 태우면서 재로 만들어 버리는 불꽃이거나, 그를 꼼짝 못 하게 만드는 가스, 혹은 급속 냉동되는 듯한 기분이었다. 그는 계속 누리아를 안고 있었다. 다리마저 후들거리자, 그는 누리아의 몸에 기댄 채 간신히 버티고 있었다. 다른 건 몰라도 얼굴에 비 오듯 흘러내리는 땀까지 숨길 수는 없었다. 더위도, 그렇다고 추위도 아닌 이상한 느낌이 들면서 땀이 흐르기 시작했다.

누리아의 아버지가 다시 그들에게 다가왔다. 그는 심하게 흔들리는 마음을 가누지 못해 언제라도 악을 쓰고 소리를 지르거나, 펄쩍 뛸 것—아니면 동시에 그 두 가지를 다 할 것—만 같았다.

"지금 당장 그 망할 놈들을 찾으러 갈 거야!" 그는 같은 말을 되풀이했다. "이번 생에 마지막 일이 된다고 해도, 그

놈들을 꼭 찾아내고야 말겠어. 경찰 말로는 여러 놈인 것 같다고 하더군. 둘, 셋, 아니면 넷……. 몇 놈이든 상관없어. 모두 잡고 말 테니까."

아드리안은 불안감으로 심장이 터져 버릴 것만 같았다. 오래 버티지 못할 것 같은 예감이 들었다. 그는 자기 얼굴이 유리로 변해 머릿속에 들어 있는 것이 모두 훤히 비칠 거라는 생각이 들었다. 심지어 그가 무슨 생각을 하는지 밖에서도 다 읽을 수 있을 것 같았다. 그렇게 되면 그의 생각이 그를 배반하고 말 것이다. 그의 끔찍한 생각이 결국 그를 배신하고 말 것이다. 만약 돌을 던진 놈들 중 하나가 아드리안이라는 것을 알아차린다면, 저 남자는 그 자리에서 그를 때려 죽이고 말 것이다. 하지만 죽음은 그에게 닥칠 최악의 상황이 아닐지도 모른다. 누리아가 모든 진실을 알아 버리는 것, 그것이야말로 최악의 상황이리라.

다행히 그 순간 어떤 여자가 거의 뛰다시피 급히 걸어왔다. 그리고 서둘러 올 생각이 별로 없어 보이는 남자가 그녀의 뒤를 따르고 있었다. 빅토르의 여동생과 그 남편이었다. 그 부부는 교통사고 소식을 듣자마자, 병원까지 한달음에 달려왔다. 여자는 누리아를 꼭 안아 주었다. 그러고 나서 빅토르와 방금 이들 일행에 끼어든 그녀의 남편이 그 두 사람을 감싸 안았다.

아드리안은 한쪽 옆으로 물러나 멀뚱히 서 있었다. 다행히 그에게 신경 쓰는 이는 아무도 없었다. 그건 그에게 구원이나 마찬가지였다.

빅토르의 여동생이 이것저것 물어보는 소리가 들렸다. 그야말로 질문 세례였다. 한참 동안 같은 질문을 반복하는 것 같았다.

울음소리가 들렸다. 여러 사람의 울음소리와 한숨이 섞인 하소연도 들려 왔다. 그리고 저주의 말도 들렸다.

아드리안 또한 마음이 괴로웠다. 매우 괴로웠다. 하지만…… 이건 무슨 고통일까? 그의 고통은 대체 어디서 왔다는 말인가? 그 고통의 신경 말단은 대체 어떤 암흑의 심연으로 내려갔다는 말인가?

일행은 응급실 안으로 들어갔다. 아드리안은 자기의 존재를 까맣게 잊은 그들이, 그리고 사고 소식을 듣자마자 병원으로 득달같이 달려온 누리아의 남자 친구에 대해 전혀 신경 쓰지 않는 그들이 너무나 고마웠다. 무엇보다 몇 마디 말이나 손짓, 혹은 눈빛으로 그를 부르지 않은 누리아가 너무나 고마웠다.

그는 혼자 남았고 혼자뿐이라는 느낌이 들었지만, 곧장 반응을 드러내지는 않았다. 하지만 현실을 있는 그대로 받아들이기가 힘들었다. 현실은 돌덩이 하나가 아니라, 그의 위로 쏟아져 내려 무자비하게 깔아뭉개는 산이었기 때문이었다. 그 순간, 그는 모든 것이 자기 위로 무너져 내리는 상황에서 절대 살아남지 못할 거라는 확신이 들었다. 그에게는 숨 쉴 공기도, 존재할 공간조차 없었으니까.

그는 응급실 문에서 몇 미터 떨어진 곳으로 걸어가다, 결국 차량 진입용 경사로를 따라 내려갔다. 그사이 구급차들이 쉴 새 없이 도착했다. 사이렌 소리가 이제 계속 귓속에 울리는 것처럼 느껴졌다. 그 소리는 마치 그의 머리를 뚫고 지나가는 일종의 번갯불 같았다. 그 때문에 그는 그 어떤 생각도, 그 어떤 추론도 할 수 없었을뿐더러, 그 어떤 결정도 내릴 수 없었다. 그는 친구들의 우두머리였다. 그들도 이 사실을 잘 알고, 인정하고 있었다. 하지만 제대로 된 리더라면 생각하고 추론하고 결정을 내릴 줄 알아야 한다. 리더가 해야 할 일은 바로 그런 것이다.

그는 주머니에 손을 넣어 휴대 전화를 꺼냈다. 그는 전화를 물끄러미 내려다보았다. 그런 다음, 응급실 문 쪽으로 시선을 돌렸다. 문은 충분히 멀리 떨어져 있었다. 그는 아직도 명확하게 생각할 수가 없었다. 바로 그때, 무언가가 빨리 행동해야 한다고, 절대 꾸물거리면 안 된다고 그의 귀에 대고 소리쳤다.

그는 휴대 전화에 사고 녹화 영상이 담긴 동영상 파일을 찾았다. 잠시 그는 그 영상을 열어 다시 보고 싶은 마음이 들었다. 하지만 그렇게 하지 않았다. 그는 곧장 옵션 버튼을 눌러, 메뉴 중 하나를 선택했다.

삭제하기.

일단 파일이 삭제되자, 그는 그 파일이 휴대 전화의 저장 공간과 메모리 카드에서 완전히 사라졌는지 확인했다.

# 일요일, 15시 00분

누리아와 아버지는 속속 도착하는 친척과 친구들을 맞이하느라 바빴기 때문에, 아드리안은 대부분의 오전 시간을 혼자 보내야 했다. 그래도 그는 잠시도 병원을 떠나지 않고 응급실 문 밖을 지키고 있었다. 가끔 응급실 문턱을 살짝 넘어가 보기도 했지만, 밀폐된 공간으로 들어서는 순간 도저히 숨을 쉴 수가 없어서 다시 밖으로 나가야 했다. 그는 걷잡을 수 없는 불안 속으로 빠져들었다. 그는 자신의 얼굴에 초조한 마음이 적나라하게 드러나서 사람들이 모두 알아차릴 거라고 확신했다.

그렇게 그는 오전 시간 내내 남의 눈에 띄지 않게, 하지만 만약에 대비해 만반의 준비를 하고 있었다. 그때 무언가 그 자리를 벗어나는 것은 도망치는 것이고, 그런 상황에서 도망치는 것이야말로 가장 바람직하지 않은 행동이라고 그의 귀에 대고 말했다. 우선은 침착하게 행동하는 것이 최선의 방법이었다. 물론 그러다 보면 얼간이처럼 보일 때가 많겠지만 말이다. 하지만 잘 참고 견디기만 하면 의심을 사기는커녕, 오히려 사람들로부터 신뢰를 얻게 될 것이다.

오후 2시 반 무렵 친척들이 요기라도 할 겸 누리아를 데리고 근처 카페테리아로 가고 나서야, 아드리안도 병원을 떠났다.

"너도 같이 먹으러 갈래?" 그녀가 물었다.

"아냐……." 그는 말을 더듬거렸다. "여동생이 집에 혼자 있어서."

누리아는 아드리안에게 다가가 부드럽게 그의 얼굴을 어루만졌다.

"고마워."

그는 그녀에게 한마디도 못 했을 뿐 아니라, 미소를 지어 보이지도 못했다.

그가 집에 도착했을 때는 3시였다. 여동생은 그 전날 부모님이 준비해 놓은 음식으로 식사를 준비하려던 참이었다.

"안 그래도 밥 먹으려던 참이었는데 마침 잘 왔네." 동생은 인사 대신 그렇게 말하고 주방 식탁에 접시를 하나 더 놓았다.

"배 안 고픈데."

"나도 마찬가지야."

동생은 수저와 컵 두 개를 놓고 빵 두 조각을 자른 다음, 냉장고에서 물병을 꺼냈다. 그 사이 음식은 전자레인지에서 데워지고 있었다.

벽에 걸려 있는 작은 텔레비전에서 뉴스가 시작되었다. 화면에는 오늘의 간추린 뉴스가 나오고 있었다. 나라 밖 소식. 나라 안 소식. 문화. 스포츠. 그리고 마지막으로—평소처럼—주말 교통사고, 구체적으로 마드리드 외곽에서 발생한 사고 소식을 전했다.

그 사고 소식이 흘러나오자, 아드리안은 곧장 텔레비전 쪽으로 고개를 돌렸다. 하지만 그것은 뉴스 앵커들이 흔히 헤드라인이라고 부르는 간추린 뉴스였을 뿐이었기 때문에, 더 자세한 소식을 듣지는 못했다. 그런데 그의 내면에 있는 무언가가 저 사고는 몇 시간 전에 그들이 일으킨 바로 그 사고, 그들이 휴대 전화로 녹화하고 익명성을 유지하기 위해 세심한 주의를 기울이면서 인터넷에 유포했던 바로 그 사고일 수밖에 없다고 그에게 말해 주었다. 그리고 저 사고로 인해 누리아의 어머니가 사경을 헤매고 있다는 것도 일러 주었다.

"지금 어때?" 레예스가 불쑥 물었다.

"뭐가……?"

"어떻게 될 것 같아? 오빠 여자 친구네 엄마 말이야."

"아! 안 좋아. 아주 심각한 상태야. 의사들 말로는 곧 돌아가실 것 같다더라고."

"이런 젠장!"

"너 말 좀 예쁘게 할 수 없어?"

"말이라면 내가 끝내주게 잘하지. 언어 과목에서 언제나 수를 받으니까 말이야. 그 정도면 정말 대단한 거라고. 더군다나 나는 우리 반에서 책을 가장 많이 읽는단 말이야."

"하긴 너는 본색을 잘 감추는 편이지."

"난 본색을 감추는 게 아니라, 가식 없이 말하는 거라고." 레예스는 아무렇지도 않게 말했다. "그런데 '가식'이라는 말이 무슨 뜻인지는 알아?"

"그럼."

"내 또래들 중에서 '가식'이라는 말을 쓰는 아이를 본 적이 없어." 동생은 전자레인지에서 큰 접시를 꺼내며 말했다. "난 말이야, 다른 아이들이 잘 모르는 단어를 쓰는 게 좋아. 하지만 '젠장', '빌어먹을', '개소리하지 마' 같은 말도 좋아해."

"똑똑한 척하기는."

"똑똑한 척하는 게 아니라니까!"

"그럼 제정신이 아닌 거겠지. 아, 그게 아니라, 완전히 미친 거라고."

"닥쳐!"

접시에는 감자를 넣은 고기 스튜가 들어 있었다. 레예스는 국자로 스튜를 떠서 그릇에 담아 오빠에게 건네주었다. 아드리안도 기계적으로 스튜를 그릇에 담아 동생에게 주었다. 둘은 먹기 시작했다.

"그런데……." 레예스는 입안에 음식을 가득 넣은 채 말하기 시작했다. "오빠 여자 친구네 엄마…… 정말 죽는 거야?"

아드리안은 그저 고개만 끄덕거렸다. 레예스는 음식을 다 삼키고 나자 한숨을 내쉬며 고개를 절레절레 흔들었다.

"그럼 오늘 저녁에 다시 병원에 갈 거야?"

"아니. 친척하고 친구들이 많이 와서……."

"그렇구나. 하긴 오빠는 누리아의 남자 친구지, 가족은 아니니까. 그런 경우에는 항상 가족이……."

레예스는 오빠가 자기에게 더 이상 관심을 기울이지 않는다는 것을 알아차리자 말을 멈추었다.

그들이 디저트를 먹고 있을 때, 텔레비전 뉴스에서는 헤드라인에 간단히 언급된 사고 소식이 나오기 시작했다. 뉴스에서 무슨 이야기가 나올지 알아차린 아드리안은 텔레비전 화면에 시선을 고정했다. 여자 앵커는 단조로우면서도 심각한 목소리로 오늘 새벽 마드리드 외곽에서 발생한 교통사고 소식을 전했다. 경찰이 포착한 단서에 의하면, 특이하게도 이번 사고는 누군가 육교에서 의도적으로 커다란 돌을 도로에 던지면서 일어났다고 했다. 뉴스는 그 결과로 여성 한 명이 중태에 빠졌다고 전했다.

"저분이 누리아 엄마야?" 뉴스가 나오자마자 레예스가 물었다.

"응." 아드리안은 어떤 거역할 수 없는 힘에 이끌린 듯, 텔레비전을 쳐다보면서 짧게 대답했다.

앵커의 설명에 따르면, 현재 경찰은 여러 명의 청소년들이 사고 장면을 녹화해서 인터넷에 유포하기 위해 의도적으로 사고를 일으킨 것으로 보고 수사를 벌이고 있다고 했다. 실제로 경찰은 최근에 만들어진 블로그에 해당 영상이 올라와 있다는 것을 확인했다.

그때, 텔레비전 화면에 어떤 영상이 나타났다. 그건 몇 시간 전 아드리안이 자기 휴대 전화로 촬영한 바로 그 영상이었다. 그는 순간 움찔했다. 그는 영상 전체가 나올 줄 알고 가슴이 철렁했지만, 사고가 일어나기 직전까지 단 몇 초 동안의 영상만 나오자 속으로 안도의 한숨을 내쉬었다.

"오빠, 왜 그래?" 레예스는 이상한 낌새를 눈치챘는지, 오빠를 찬찬히 살펴보았다.

"아무것도 아니야."

"땀이 흥건하잖아."

"더워서 그런 거니까, 신경 쓰지 마."

레예스는 말을 멈추었지만, 조심스럽게 오빠의 눈치를 살폈다. 그녀의 시선은 모든 것의 의미를 찾기 위해 인정사

정없이 뚫고 지나가는 드릴처럼 날카로웠다. 모든 일에는 이유, 즉 어떤 논리가 있기 마련이다. 그녀는 언제나 그것을 찾고 싶어 했다. 그녀는 살기 위해서 그래야 한다고 말하곤 했다.

"카스티야 국도." 잠시 후 뉴스가 축구 소식을 전하는 동안, 레예스는 큰소리로 생각을 정리하기 시작했다. "여기서 가까운 곳이네. 누군지는 몰라도 고주망태로 취해서 저런 짓을 저지른 게 분명해."

"그렇겠지." 아드리안은 아무 생각 없이 고개를 끄덕이며 말했다.

"오빠처럼 말이야." 레예스는 드릴을 더 강하게 돌리면서 덧붙여 말했다.

"무슨 소리 하는 거야?"

"어젯밤에 오빠도 고주망태가 되도록 술을 마셨잖아."

"헛소리 작작 해."

"그리고 오빠 친구들도 마찬가지였고."

"없는 이야기 지어내지 마."

"내가 다 봤으니까 하는 이야기야."

"무슨 소리야?"

"어젯밤에 프랑스인들의 다리 부근에서 오빠가 친구들하고 몰려다니는 걸 봤다니까."

아드리안은 졸지에 꼬맹이 동생에 쫓겨 궁지에 몰리는

신세가 되고 말았다. 그는 동생이 쉽게 물러서지 않으리라는 것을 잘 알고 있었다. 쉴 새 없이 질문을 퍼부을 것이 분명했다. 하지만 그 순간, 그는 동생의 집요한 추궁을 피하면서 반격에 나설 수 있는 허점을 찾아냈다.

"어젯밤에 나갔었어?"

"응……." 레예스는 오빠를 몰아세우다 그만 자신의 비밀도 탄로 나고 말았다는 것을 알아차렸다. 그러다 보니 그녀는 어쩔 수 없이 방어 태세를 갖췄다. "그렇지만 나는 술도 안 마셨고, 담배도 안 피웠어. 그리고 이상한 약도 안 했단 말이야. 그저 잠시 친구들하고 나갔던 것뿐이라고. 그러니까 나를 그렇게 한심한 아이 취급하지 마."

"내가 엄마하고 아빠한테 이르면……." 아드리안의 어투는 숫제 협박조였다.

"오빠는 절대 그러지 않을 거야." 다시 마음을 가라앉힌 레예스는 평소처럼 도도하고 자신에 찬 모습으로 돌아왔다.

"내가 왜 안 이를 거라고 생각하지?"

"그리고 오빠가 엄마 아빠한테 일러도, 나는 괜찮아."

"절대 괜찮지 않을걸."

"오빠가 이르든 말든 전혀 상관없으니까 신경 좀 꺼 줘."

"네가 그런다고 내가 놀랄 줄 알아?"

"오빠 놀라게 하려고 한 말이 아니야. 더군다나 그건 상소리도 아니라고. 사전에도 나오는 말인데, 뭐."

71

"너처럼 말하는 열세 살짜리는 아무도 없다고!"

"그건 사실이야. 열세 살짜리들은 보통 나보다 말을 훨씬 더 못하니까."

사실 아드리안은 동생과 말싸움하는 것을 가장 싫어했다. 이번 경우도 이전과 크게 다르지 않을 것 같았다. 다만 이번에는 아주 좋은 패—동생의 작은 비밀을 알아낸 것—를 손에 쥐고 있어서 그런지 한결 더 든든한 느낌이 들었다.

그는 방으로 가려고 자리에서 일어났다. 하지만 그 순간 레예스가 콧방귀를 뀌자, 그는 걸음을 멈추었다. 자기가 식탁을 치울 차례였던 것이 생각났기 때문이었다. 아드리안은 동생과 한마디의 말도 섞지 않고, 마지못해 식탁을 치우기 시작했다. 접시와 컵을 식기세척기 안으로 던지다시피 하고, 테이블보에 떨어진 빵 부스러기를 대충 치웠다. 그러고는 곧장 방으로 가서 문을 잠가 버렸다.

우선은 보르하와 클라우디오에게 연락하는 것이 급선무였다. 처음에는 그들에게 전화를 할까 생각했지만, 곧 더 좋은 생각이 떠올랐다. 메신저를 이용하는 것이다. 그들이 만든 채팅방을 이용하면, 셋이서 함께 메시지를 보면서 상황을 이해하기가 더 쉬울 것 같았다. 그 시간쯤이면 모두 일어나서 밥을 먹었을 테니까, 쉽게 연결될 것이 분명했다.

그는 컴퓨터를 켜고, 곧바로 메신저 프로그램을 열었다.

결국 그의 직감이 딱 들어맞았다.

그들을 아주 중요한 행사에 소집한 것처럼, 아드리안은 두 친구와 삼자 대화를 시작했다.

**아드리안**  안녕?

**보르하**  너 혹시 텔레비전 봤어? 뉴스 말이야…….

**아드리안**  응.

**클라우디오**  아무래도 경찰에 자수해야 될 것 같아.

**아드리안**  아니, 무슨 헛소리를 하는 거야, 클라우디오.

**클라우디오**  하지만 우리가…….

**보르하**  그럼…… 어떻게 하면 좋을까?

**아드리안**  글쎄다. 하지만 이 일 때문에 감옥으로 끌려가지는 않을 거야. 이딴 일로 내 인생을 망칠 수는 없잖아. 그리고 너희도…… 나와 같은 생각이야?

**보르하**  내 생각도 너와 같아.

**아드리안**  클라우디오, 너도 동감이니?

**클라우디오**  우린 아직 열여덟 살도 되지 않았어. 그러니까 자수해도 감옥에 가지는 않을 거야…….

**아드리안**  소년원이 감옥과 다를 줄 알아? 그렇게 되면 재판도 열릴 거고, 텔레비전하고 신문에 우리 얼굴하고 이름이 다 나올 거라고. 물론 얼굴을 가린 채 사람들의 야유를 받으면서 재판정에 들어가겠지만 말이야. 그렇게 되면 우리 인생은 완전히 끝장나는 거라고. 그렇지 않아?

**클라우디오**  그렇지만······.

**아드리안**  아무튼 너도 우리와 생각이 같은지 어서 말해.

**클라우디오**  좋아. 나도 찬성이야. 나도 내 인생이 끝장나는 걸 바라지는 않으니까.

**보르하**  그럼 이제 어떻게 할까?

**아드리안**  우선 우리가 뜻을 하나로 모으고 신중하게 생각한 다음, 사전에 계획을 치밀하게 세워 둬야 할 거야. 그러니까 우리 중 누구도 상의 없이 제멋대로 행동하거나 독단적으로 결정을 내려서는 안 돼.

**보르하**  맞아. 내가 보기에도 그 점이 가장 중요한 것 같아.

**클라우디오**  난······ 겁이 나.

**아드리안**  무섭기는 나도 마찬가지야.

**보르하**  나도 그래.

**아드리안**  그러니까 머리를 써서 모든 일을 판단하고 처리해야 하는 거야. 일단 셋이 만나서 뭘 할지, 그리고 어떻게 할지 결정하자.

**클라우디오**  그럼 언제 만날까?

**아드리안**  오늘 저녁에 보자. 일곱 시에.

**보르하**  어디서?

**아드리안**  강가에서, 우리가 몇 번 만났던 곳 있잖아.

**보르하**  알았어.

**클라우디오** 좋아.

**아드리안** 절대 아무한테도 말하면 안 돼, 알았지?

**보르하** 그래.

**클라우디오** 알았어.


　다른 때 같았으면, 아드리안은 컴퓨터를 곧장 끄지 않고 다른 친구들과 채팅을 하거나 페이스북에 글을 올리고, 몇몇 친구들의 블로그도 둘러보았을 것이다. 하지만 그때는 컴퓨터는 물론, 인터넷이 제공하는 모든 커뮤니케이션의 가능성 따위에 신경 쓸 여유가 없었다. 현실이 그를 엄청난 힘으로 끌어당기고 있었기 때문이었다.

　그의 머릿속은 사이버 공간에서 거의 해결할 수 없는, 더 절박하고 훨씬 더 세속적인 문제에 완전히 사로잡혀 있었다. 그러고 싶지는 않았지만, 클리니코 병원의 응급실이 자꾸 머릿속에 떠올랐다. 그는 기적이 일어나기를, 누리아의 어머니가 비디오 게임—인물들이 죽어도 게임을 다시 시작하면 항상 되살아나는—에서처럼 부활하기를 간절히 바라는 자신의 모습에 깜짝 놀랐다. 인생은 왜 그런 비디오 게임처럼 되지 않는 걸까? 인생에서는 왜 '다시 시작' 버튼을 눌러, 저질러 버린 실수를 바로잡을 수 없는 걸까? 그렇게만 된다면 정말 편할 텐데. 그렇게만 된다면, 모든 것이 그의 세계와 친구들의 세계, 그리고 그 친구들의 친구들 세계를 더 많이 필요로 할 텐데. 그들이 물속의 물고기처럼 움직이는 그 세계는 왜 현실과 그토록 다른 걸까? 현실 앞에서 그는 무방비 상태에 놓인 듯 혼란스럽기만 했다. 현실은 엄청나게 무거운 바위처럼 인간을 무자비하게 짓누르기만 했다. 그것 말고 현실이 할 수 있는 게 뭐란 말인가?

그는 누리아에게 전화를 걸었다. 이번에 그녀는 신호가 울리자마자 전화를 받았다.

"어떻게 되어 가고 있어?"

"그대로야."

"이런 빌어먹을 현실 같으니!" 그는 그녀가 듣지 못하도록 이를 악물고 우물거리며 말했다.

"의사들이 다른 말은 안 해?"

"같은 말만 해."

"뭐 필요한 건 없고?"

"없어."

"그럼 잠시라도 너한테 가서……"

"아냐, 괜찮아. 사람들이 많거든. 가족들이 모두 여기 모여 있어. 그런데 문제는 막연히 기다리는 것 말고 우리가 할수 있는 게 아무것도 없다는 거야. 엄마는 조금 전에 중환실로 옮겼어. 엄마를 보고 싶은데, 아직도 면회를 안 시켜주네. 방금 아빠만 잠깐 들어갔다 왔어. 딱 오 분간. 하지만 그 정도만 해도 정말 감지덕지하지."

"전화해야 돼. 혹시……."

"알고 있어."

"오늘 네가 나를 위해 해 준 일은 영원히 잊지 않을게."

"오늘 밤에 다시 연락할게."

"밤에는 우리도 집에 갈 것 같아. 하지만 나는 여기서 한 발짝도 움직이고 싶지 않아. 다들 여기 있어 봐야 내가 할 수 있는 게 아무것도 없다고 설득하더라고. 엄마 곁을 지킬 수가 있나, 그렇다고 잠깐이라도 엄마 얼굴을 볼 수가 있나……." 누리아는 울먹이는 목소리로 말했다. "이 모든 게 너무 끔찍해!"

"맞아. 모든 게 너무 끔찍하지……."

아드리안은 그 말을 불쑥 내뱉고 나서 자기가 한 말에 선뜩 놀랐다. 무슨 뜻으로 그런 말이 나온 걸까? 고통에 몸부림치며 죽음을 기다리고 있는 누리아의 어머니를 두고 한 말인가? 가슴 찢어지는 슬픔과 절망에 빠져 있는 누리아를 두고 한 말인가? 아니면 그런 상황에 휘말린 자기 자신을 가리켜 한 말인가?

"진정해." 아드리안이 어색한 침묵을 깨기 위해 말했다.

"진정하고 싶어도 마음대로 안 돼."

"그렇겠지."

"아무튼 고마워, 아드리안."

"나한테 고마워할 필요 없어. 난 그저 너를 도울 수만 있

다면, 또 너를 위해서 뭐든 더 할 수만 있다면 더 바랄 게
없어."

"사랑해."

"나도 사랑해."

# 일요일, 18시 30분

아드리안은 친구들과 만나기로 한 것보다 한 시간 이른 6시에 이미 약속 장소인 만사나레스 강 가장자리의 난간 옆에 나와 있었다. 그 강은 보행자용 인도교뿐 아니라 어설픈 낚시꾼들을 위한 작은 난간을 군데군데 설치하고, 작은 제방을 연이어 쌓아 수로를 완벽하게 정비해 놓은 탓에 마치 장난감 같은 인공 하천으로 보였다. 강물은 고여 있었기 때문에, 잔잔하게 흐르지도 않았다. 그래도 이제는 동네 노인들의 말마따나 강이 도시의 하수도로 쓰였을 때처럼 악취가 심하게 나지는 않았다.

아드리안은 난간에 팔을 괸 채 강물을 물끄러미 보고 있었다. 물 위에 어른거리는 가지각색의 그림자는 서서히 사그라지는 햇빛을 받아 놀라운 색조를 띠기 시작했다. 강가의 건물들과 맞은편에 줄지어 서 있는 가로수, 다리, 그리고 그 다리를 지나가는 차량들도 수면에 어른거렸다. 아드리안은 다시 한번 현실에 대해서, 진정한 현실이 무엇인지에 대해서 스스로에게 질문을 던졌다. 왜 현실은 잔잔한 강물 위에 떠다닐 수 없는 것일까? 왜 이 세상에는 현실처럼 보이지만 실제로는 그렇지 않은 것이 그토록 많은 것일까? 이와 반대로, 생생한 모습이 사라진 현실, 헐벗은 듯 앙상한 모습을 드러낸 현실은 어느 순간 너무도 뻔한 것으로, 그리고 이제 거의 익숙해진 것으로 둔갑해 버린 것 같았다.

보르하와 클라우디오도 약속 시간보다 일찍 도착했다. 6시 반 무렵, 셋은 이미 함께 모여 있었다. 그들은 조용조용한 목소리로 "안녕." 하며 짧게 인사를 나누었다. 그들은 서로의 얼굴을 쳐다보기조차 부담스러웠다. 그러다 어느 순간 우연히 눈길이 마주치면, 못 볼 것이라도 본 것처럼 곧바로 고개를 숙였다.

그러고는 거의 습관적으로 천천히 걸음을 옮기기 시작했다. 하지만 아무 데도 가지 않을 것이라는 느낌과 더불어, 그렇게 걸어 봐야 아무 의미도 없을 거라는 확신이 들었다. 일단 한데 모여 뜻을 합쳐 서로에게 힘과 용기를 불어넣어 주면서 정당한 명분을 찾고, 만약 그것이 불가능하면 일반적인 접근 방식이라도 찾아야 했다.

"그 문제는 이미 우리 손을 떠난 거나 마찬가지야." 셋 중에서 가장 불안해 보이던 클라우디오가 불쑥 말을 꺼냈다.

"왜 그런 말을 하는 거지?" 아드리안이 곧바로 그에게 물었다.

"상황을 더 지켜보고 말고 할 것도 없어. 경찰이 금방 그 영상을 찾아냈잖아."

"그 영상이라면 누구나 찾아낼 수 있는 거니까 쓸데없는 걱정하지 말라고."

"하지만 경찰이 앞으로 계속 수사를 할 텐데……."

"모르긴 해도 범인이 우리라는 것을 알아내지는 못할 거야."

"난 잘 모르겠어."

"아 글쎄, 내 말이 맞다니까! 그 영상에서 우리를 찾아낼 만한 단서는 하나도 없다고. 우리도 신중에 신중을 기했잖아. 우리가 스스로 무너지고, 필요 이상으로 말을 많이 하거나, 실수로 일을 엉망으로 만들지만 않으면, 경찰도 우리를 찾아내지 못할 거야."

그동안 입을 꾹 다물고 있던 보르하도 자신의 우려를 드러냈다.

"문제는 그 영상이 우리 학교 컴퓨터에서 유포되었다는 것을 경찰에서 밝혀낼 수도 있다는 거야. 그리고 그건 충분히 가능한 일이라고."

"우리 학교 학생만 해도 천 명이 넘어." 아드리안이 곧장 반박했다.

"그렇지. 하지만 경찰은 그런 식으로 수사망을 좁혀 갈 수도 있어."

"그래서 머리를 써서 행동해야 한다는 거야. 어떤 상황에서든 무엇을 해야 할지 미리 치밀하게 대비해야 돼."

"그럼 학교에 가서 컴퓨터의 하드 디스크를 부수면 어떨까?" 클라우디오가 재빨리 물었다.

셋은 잠시 서로의 얼굴을 쳐다보았다. 아마 뜻밖의 제안에 관해 저마다 곰곰이 생각했을 것이다.

"경찰에서는 이미 다 알고 있을 수도 있어." 보르하가 대답했다.

"아니면 아직 모를 수도 있어." 아드리안이 덧붙여 말했다.

"무슨 소리야?"

"클라우디오가 말한 대로 해도 이번에는 그렇게 힘들지는 않을 거야. 어떻게 들어가는지 이미 다 알고 있잖아. 그리고 시간도 그렇게 오래 걸리지 않을 거라고. 경찰이 학교에 와서 본격적으로 수사를 시작하기 전에 하는 것이 더 좋을 거야."

무거운 침묵이 한동안 계속되었다. 셋 모두 어색하고 거북했지만, 아무도 그 침묵을 깨뜨릴 엄두를 내지 못했다. 그들은 말없이 계속 걸었다. 하지만 어느 순간 그들의 발길은 갑자기 어느 방향, 확실한 목적지를 향해, 너무나도 잘 아는 쪽으로 향하기 시작했다. 학교였다.

학교는 같은 동네이기는 해도 그들의 집으로부터 조금 떨어져 있었다. 하지만 굳이 대중교통을 타지 않아도 금방 갈 수 있었다. 건물과 운동장, 그리고 화단 사이에 있는 본관은 한 블록을 다 차지하고 있었다. 그들 중 누구도 다시 들어가서 컴퓨터의 하드 디스크를 망가뜨리자고 선뜻 말을 꺼내지 않았다. 하지만 그들의 다리는 뇌로부터 완전히 독립된 것처럼 그들을 거기로 이끌고 있었다. 조금 걸어가자 학교 건물이 어렴풋이 보이기 시작했다. 일요일 저녁, 멀리서 본 학교는 아주 묘한 느낌을 주었다. 야릇한 기분이 들 정도로 고요한 분위기, 일종의 혼수상태, 괴괴한 정적……. 이는 휴일, 특히 모두 집 안에 틀어박힌 채 피할 수 없는 월요일을 기다리는 일요일 저녁이면 온 동네가 항상 마비 상태에 빠진 듯한 모습이었기 때문이었다. 학교는 공연 준비가 끝났지만 텅 비어 썰렁하기만 한 무대처럼 보였다.

그 순간, 그들은 갑자기 온몸이 얼어붙는 것만 같았다. 그들은 급하게 걸음을 멈추고, 엉겁결에 어느 집 현관으로 몸을 피했다. 학교 정문에 경찰차 두 대가 서 있었던 것이다. 그들은 현관에 숨어 지켜보았다. 여러 명—그중 한 명은 여자였다—이 차에서 내리고 있었다.

"첼로●!" 숨죽이며 지켜보던 보르하가 탄성을 질렀다.

---

● 콘수엘로Consuelo의 애칭

콘수엘로 노벨다는 학교 교장이었다. 교장은 키가 크고 뚱뚱한 데다, 성깔이 있어서 보기만 해도 겁이 날 정도였다. 그녀는 다른 선생들이라면 꿈도 못 꿀 일을 척척 해내곤 했다. 그래서 때가 되면 아무 거리낌 없이 학생들에게 명령이나 징계를 내렸다. 학생들 사이에서 널리 알려진 바와 같이, 첼로가 버럭 고함을 지르면 마치 천둥이 치는 것 같았다. 눈에서 번개와 같은 광채가 번득거리다 천둥 같은 고함이 터져 나오면, 상황은 한층 더 심각해졌다.

그래서 학생과 교사들 모두, 두려움의 대상인 교장 선생님에게 경외심을 품고 있었다. 그들은 교장이 어떤 일이건 절대 포기하지 않을뿐더러, 한번 한다고 마음먹으면 무슨 수를 쓰든지 해내고야 마는 사람이라는 것을 잘 알고 있었다.

그런 그녀가 경찰과 함께 학교에 나타난 이유는 분명했다. 녹화 영상이 올라온 블로그가 이 학교 컴퓨터에서 만들어졌다는 사실이 이미 밝혀진 것이다. 첼로는 경찰들에게 학교 문을 활짝 열어 줄 것이고, 자기 혼자서도 조사를 해볼 생각이었다.

아드리안, 보르하, 그리고 클라우디오는 눈에 띄지 않게 조심하면서 천천히 그곳을 빠져나왔다. 컴퓨터의 하드 디스크를 부수려는 계획은 물거품이 되고 말았다. 더군다나 미처 학교 안으로 들어가지 못한 것이 얼마나 다행인지 모르겠다는 생각이 들었다. 그들이 조금만 더 일찍 들어갔더라면, 현장에서 경찰에게 붙잡히는 최악의 상황을 맞이했을 것이기 때문이었다. 그랬더라면 탈출은 불가능했을 것이다.

그들의 머릿속은 점점 더 혼란해졌다. 그와 더불어, 회의감과 두려움, 그리고 후회도 커져만 갔다. 모든 것이! 늘 그랬던 것처럼, 그들의 심경을 선뜻 드러낸 이는 클라우디오였다.

"우린 이제 망한 거라고!"

"그렇지 않아!" 아드리안은 그를 설득하기 위해 애를 써야만 했다. "잘 생각해 봐. 우리는 학교 안으로 들어가기로 결정을 내리지도 않았어. 아무 일도 없을 테니까 걱정하지 마."

"하지만 경찰은 여기서 모든 일이 시작되었다는 것을 이미 알고 있어. 그래서 여기 온 거라고."

"그래서 뭐가 어쨌다는 거야? 이 학교 학생만 천 명이 넘는다고. 게다가 우리 학교 학생 말고 다른 사람이 그랬다고 생각할 수도 있잖아."

"그 말이 맞아." 보르하가 거들고 나섰다. "도둑놈들이 들어와서 학교를 턴 적도 여러 번 있었어."

그건 사실이었다. 학교가 난공불락의 요새는 아니었으니까. 그들과 마찬가지로 철망 울타리를 넘어, 문을 따고 들어

가는 것은 굳이 학생이 아니더라도 아무나 할 수 있었다.

"겁낼 것 없어." 아드리안이 힘주어 말했다. "우리는 그 어떤 단서나 흔적도 남기지 않았다고. 확실하다니까."

그들은 어느 순간 다시 강가에 와 있었다. 같은 동네 출신인 그들이 철들 무렵부터 그들의 삶에 항상 존재해 온 그 강. 그들에게 있어서 잿빛 강물 없는 마드리드는, 그리고 도시를 서에서 동으로 가로지르며 지그재그로 흐르는 탁한 강줄기 없는 마드리드는 생각할 수조차 없었다. 셋은 언젠가 학교 역사 선생님이 한 말을 듣고 깜짝 놀란 적이 있었다. 선생님은 세계의 대도시를 설명하면서, 모든 도시는 바닷가나 크고 수량水量이 많은 강가에 세워졌다고 말했기 때문이었다. 선생님이 보기에 마드리드는 예외였다. 하지만 그들 셋은 선생님과 생각이 달랐다. 그들에게 있어서 작은 만사나레스 강은 그 어떤 큰 강보다 훨씬 더 큰 의미를 가지고 있었다. 만사나레스 강은 그들 삶에서 가장 다정하면서도 감동적인 풍경이었고, 그런 점에서 그것은 그들의 삶 그 자체였다.

그들은 마침내 작은 풀밭에 앉았다. 그들 사이에 무거운 침묵이 흘렀다. 그들은 모두 말과 생각을 잃어버린 것처럼 보였다. 어쩌면 그들은 머릿속으로 계속 같은 생각과 같은 질문을 하고 있었는지도 모른다. 하지만 침묵은 그 어느 때보다 더 강하게 그들을 짓누르고 있었다. 침묵을 깨려면 엄청난 노력이 필요할 것 같았다.

인근의 플로리다 대로를 지나는 자동차 소리가 들렸다. 거기는 마드리드로 들어오는 차들이 많이 몰리는 도로였다. 다시 말해 M-30나 카스티야 고속 도로를 벗어나 바야돌리드 대로로 들어서면, 가장 빨리 시내에 도착할 수 있었다. 물론 종종 그렇듯이 길이 막히지 않는다면 말이다. 아드리안은 누리아의 부모님들도 집으로 돌아올 때 저 길을 택했을지도 모른다는 생각이 들었다. 낮 시간에는 M-30를 타고 도시 외곽을 도는 편이 훨씬 빠르다. 하지만 그때는 저녁 시간이었기 때문에 비교적 차가 적은 시내를 가로질러 가기로 택했을 가능성이 높았다. 그들이 돌을 던진 육교는 도로 분기점 바로 앞에 있었기 때문에, 누리아의 부모님들이 어떤 길로 가려고 했는지 정확히 알 수는 없었다. 어느 길로 갈지는 사고가 난 지점으로부터 몇 미터 뒤, 그러니까 몇 초 후에야 분명히 알 수 있었을 테니까.

보르하는 어색한 침묵을 더 이상 견디기 힘들었는지 생각나는 대로 말했다.

"오늘 여자 친구 만났니?"

그 말, 그 질문을 듣자 아드리안은 머리를 얻어맞은 것처럼 정신이 얼얼했다.

"아니." 그는 심드렁하게 대답했다.

친구들은 그에게 여자 친구가 있다는 것을 알고 있었다.

그래서 자기들에게 소개시켜 달라고 여러 번 조르곤 했다. 하지만 누리아는 그 동네 출신도 아닌 데다 먼 데 살았기 때문에, 쉽게 기회가 오지 않았다. 그 순간, 아드리안은 친구들이 누리아를 한 번도 보지 못했다는 생각이 들자 내심 기뻤다. 게다가 누리아를 언제나 '네 여자 친구'라고 하는 걸 보면, 그들은 아직 그녀의 이름도 모르는 것 같았다. 일단은 더 이상 누리아 이야기가 나오지 않도록 해야겠다는 생각이 들었다. 하물며 누리아와 교통사고의 관계를 이야기할 생각은 눈곱만큼도 없었다. 오히려 그와 반대로, 그들이 여자 친구 이야기를 꺼내면 재빨리 화제를 돌리거나, 방금 전에 그랬던 것처럼 짧게 대답할 생각이었다. 지금으로서는 두 세계, 즉 누리아와 친구들을 갈라놓는 수밖에 없었다. 물론 그 두 세계가 거미줄처럼 뒤엉켜 있었지만 말이다.

어둠이 내리기 시작할 무렵, 그들은 늘 다니던 길과 경로를 따라 집으로 돌아갔다. 가장 늦게 집에 도착한 것은 아드리안이었다.

이미 집에 와 있던 부모님들은 분주하게 왔다 갔다 하면서 짐을 푸느라 정신이 없었다.

도움을 청하려는 것인지, 아니면 조언을 구하려는 것인지는 몰라도, 남편은 아내의 이름을 여러 번 반복해서 불렀다.

"엘비라, 엘비라, 엘비라……!"

아내도 남편의 이름을 반복해서 불렀다. 하지만 왜 그러는지 도무지 그 이유를 알 수 없었다.

"훌리오, 훌리오, 훌리오……!"

아드리안은 복도를 지나가다 아주 잠깐 여동생과 시선이 마주쳤다. 둘은 서로 마주치는 순간 눈에서 불꽃이 튀는 느낌이 들었다. 그들은 입을 열지도 않았고, 상대방이 알아차릴 것이라는 확신도 없었지만, 짧은 순간을 이용해 서로 의미심장한 눈빛을 주고받았다.

그는 부모님들에게 인사를 건네면서 의례적인 질문을 던졌다.

"캠핑은 어땠어?"

"끝내줬지." 그의 아버지가 재빨리 대답했다. "너희들도 이번 여름에 어디로 가고 싶은지 미리 생각해 두라고."

"난 노르카프•." 레예스가 나서며 말했다.

"그건 좀 어렵겠는데." 훌리오가 말했다. "하지만 나쁘진 않겠어."

"정말 노르카프에 갈 거라면 7월 말에 가야 돼. 그래야 백야를 볼 수 있으니까." 엘비라가 말했다.

"좋아. 휴가 날짜를 바꾸면 되니까"

아드리안의 가족의 대화를 들으면서 이제 완벽한 일상

---

• 노르웨이의 북단 핀마르크주에 위치한 곳으로, '북쪽의 곶'을 뜻한다.

으로 돌아왔다는 것을 확신했다. 상황, 부산하고 어수선한 분위기, 대화……. 모든 것이 평소 그대로였다. 그의 가족에게 그날은 평범한 봄날이었고, 일상과 단조로움이 공존하는 일요일이자, 그에게 특별한 느낌을 주는 계획이 있는 일요일이었다. 아드리안은 그런 상황을 접한 게 처음이 아니라는 것을 알고 있었다. 그렇다고 두 번째도, 세 번째도 아니었다……. 그렇지만 그날은 그의 가족과 그 자신의 판에 박힌 시나리오뿐만 아니라, 그가 꿈꾸던 그 어떤 시나리오도 깨부수는 무언가가 있었다. 그건 오로지 아드리안만 알고 있는 것으로, 절대 고백할 생각이 없는 끔찍한 비밀이었다.

다시 말해, 그 자신도 완전히 이해하지 못한 현실과 깊은 관련이 있는 비밀이었다. '현실은 캠핑카를 타고 노르카프로 떠나는 여행처럼 단순한 것일 수도 있어. 그런데 왜 현실은 다른 문제 때문에 더 복잡해져야 되는 걸까?' 그는 생각했다.

그 순간, 아버지가 소리를 갑자기 지르는 바람에 그는 생각에서 번쩍 깨어났다.

"저런 개자식들이 있나!"

"무슨 일이야?" 엘비라가 깜짝 놀라서 물었다.

아드리안은 자기 방에 틀어박혀 있었다. 텔레비전은 켜져 있었고, 육교에서 일부러 던진 돌에 의해 일어난 교통사고 소식을 다시 전하고 있었다. 사고 소식이라면 그는 더 듣고 싶지 않았고, 들을 수도 없었다. 심지어 문제의 영상이 학교 컴퓨터에서 유포되었다는 것을 경찰이 밝혀냈다는 뉴스가 이미 보도되었는지 여부도 알고 싶지 않았다.

그는 침대 위에 드러누웠다. 그러자 몇 분 만에 잠이 스르르 밀려오기 시작했다. 너무 오랫동안 잠을 못 잔 탓에 쌓인 피로가 한꺼번에 밀려와 그의 몸을 집어삼키는 듯했다.

깊은 잠에 곯아떨어지기 전에 그는 마지막 힘을 다해 누리아에게 전화를 걸었다. 그녀는 집에 와 있었다. 그와 마찬가지로, 누리아도 잠을 자려던—그녀의 경우에는 잠을 청하려던—참이었다. 그녀는 불안에 사로잡혀 쉽게 잠을 이룰 수 없었지만, 단 몇 시간이라도 쉬다가 그 다음 날 아침 일찍 병원에 갈 생각이었다. 다음 날 5분간 어머니를 면회하도록 허락을 받았는데, 이번에 중환자실에 들어갈 사람은 누리아였다. 그녀는 엄마를 꼭 보고 싶었다. 엄마의 손을 부드럽게 어루만지면서, 꼭 잡아 주고 싶었다. 엄마의 귀에 대고 몇 마디 말을 속삭이고 싶었다. 그리고 실제로 생명의 불꽃은 이미 꺼진 상태였지만, 그래도 곁에서 엄마의 마지막 온기를 느끼고 싶었다.

"아드리안, 고마워."

"고마워할 필요 없어."

"정말 사랑해."

"나도 마찬가지야."

그 대화는 이미 습관이 되어 버렸다. 빨간색 버튼을 눌러
전화를 끊기 직전에 나온 그 말은 대화의 클라이맥스였다.

# 월요일, 08시 30분

수학 시간이 30분가량 지났을 무렵, 갑자기 교실 문이 벌컥 열리면서 교장이 들어왔다.

교장은 평소에도 늘 저런 식이었다. 문이라도 가볍게 두드려 자기가 왔다는 것을 알리면 좋으련만 그런 일은 절대로 없었다. 교사들이 교장의 그런 행동을 달갑지 않게 여기고 있다는 것은 명백했다. 그들이 보기에 그것은 교권 침해일 뿐만 아니라, 자신들을 전혀 존중하지 않는다는 분명한 표시였다. 그래서 교장이 불쑥 들어와 수업을 방해할 때, 교사들은 불쾌한 표정을 숨기지 않고 마지못해 교탁에서 물러 나와 그녀에게 자리를 내어주었다. 그러고 나서야 교장은 교사에게 예의를 표했다.

"잠깐 실례하겠어요." 그녀는 항상 그렇게 말하곤 했다.

아드리안, 보르하, 그리고 클라우디오는 눈으로 서로를

찾았다. 그러고는 아무도 눈치채지 못하도록 은밀하게 눈빛을 주고받으며 전날 말한 바를 재차 확인하려고 했다. 한데 모여 뜻을 합치되, 남의 이목을 끌지 않고, 의심받을 짓이나 평소 하지 않던 행동을 일절 하지 않기로 한 것 말이다.

"심각한 일이 일어났어요. 매우 심각한, 어마어마하게 심각한 일이에요." 콘수엘로 노벨다는 크고 쩌렁쩌렁 울리는 목소리로, 하지만 평소보다 훨씬 더 심각하게 말을 꺼냈다. "그 사건의 일부가 우리 학교에서 일어났어요."

계속해서 교장은 무슨 일이 있었는지 상세하게 설명하기 시작했다. 물론 매스컴을 통해 대부분 알고 있는 내용이었다. 카스티야 고속 도로에서 발생한 교통사고와 인터넷에 떠도는―학생들 중 다수가 이미 본―사고 영상. 하지만 학생들은 문제의 영상이 학교의 컴퓨터를 통해 인터넷에 유포되었다는 사실을 모르고 있었다. 그 이야기를 듣는 순간, 교실 안이 술렁이기 시작했다. 놀란 학생들은 서로 말을 주고받았다.

"이 사건은 경찰의 손에 넘어갔어요." 교장의 걸걸한 목소리는 학생들의 웅성거리는 소리를 잠재웠다. "하지만 범죄를 저지른 이들이 자백한다면 시간과 노력을 절약할 수 있을 거예요. 질문 있나요?"

그러자 학생들은 질문을 쏟아내기 시작했다. 모두 그 사건과 경찰의 수사, 용의자에 관한 질문이었다. 교장은 현재 경찰이 수사를 벌이고 있다는 이야기를 여러 차례 언급했다. 그녀의 말은 사건을 저지른 범인이 이 학교의 학생이라는 사실을 암시하고 있었다. 그녀는 범인을 색출하기 위해 교실마다 돌아다니면서 학생들에게 사건의 내용을 알려 줄 예정이었다.

아드리안이 질문하기 위해 손을 번쩍 드는 순간, 보르하와 클라우디오의 표정은 돌덩어리처럼 굳어 버렸다. 그러자 교장은 턱으로 그를 가리켰다.

"혹시 외부인이 학교 안에 침입했을 가능성에 대해서는 생각해 보지 않으셨나요?" 그가 말했다. "전에도 여러 번 그런 적이 있었으니까요. 그렇다면……."

아드리안이 질문하자 많은 아이들은 고개를 끄덕이며 저마다 한마디씩 했다. 모두 아드리안의 말에 공감하는 눈치였다. 범인은 외부인일 수도 있는데 애꿎은 학생들을 의심할 필요가 있을까? 여느 때와 마찬가지로, 어리다는 사실 하나만으로 학생들은 이미 용의자로 지목된 셈이었다. 이는 사회가 청소년들을 불신하고 멸시하고 있다는 또 하나의 분명한 증거였다. 청소년들은 자신의 무죄를 증명하지 못하는 한, 언제나 범인으로 몰렸다.

보르하와 클라우디오는 서로 곁눈질을 주고받았다. 그들은 냉정하고 대담한 친구의 태도에 감탄을 금치 못했다. 아드리안은 마치 아무 일도 없었다는 태연하게 말했을 뿐만 아니라, 무엇보다 그의 이야기는 상당한 설득력이 있었다. 보르하와 클라우디오가 나서서 그런 이야기를 한다는 것은 언감생심 꿈도 못 꿀 일이었다. 그들 같았으면 너무 긴장한 나머지 횡설수설하다 결국 비밀이 탄로 나고 말았을 것이다.

"모든 반에 이 사실을 알리고 나면, 나는 평소와 마찬가지로 교장실에 있을 거예요." 교장이 말했다. "혹시 나와 이야기하고 싶은 사람이 있으면, 찾아오도록 해요. 내가 어디 있는지 다 알죠?"

교장은 교사에게 손짓으로 작별 인사를 하고, 들어왔을 때와 마찬가지로 결연하게 교실을 나섰다.

교실에 긴장된 침묵이 흘렀다. 모두 첼로가 한 말을 머릿속으로 곰곰이 되씹어 보고 있었다. 그런데 전과 달리 공부하라고 잔소리를 하거나, 못된 짓을 하면 처벌하겠다고 협박하는 것도, 그렇다고 행정적인 문제를 알려 주는 것도 아니었다. 이번에는 문제가 그만큼 심각하다는 뜻이었다. 그래서인지 누구도 선뜻 말을 꺼내지 않았다. 심지어 선생님도 걱정스러운 표정을 거두지 못한 채, 한참 지나서야 겨우 수업을 계속했다. 하지만 선생님은 전에 하던 수업 대신, 교장이 한 말을 이어받아 사태의 심각성을 알려 주었다. 그래서 만약 그 사건을 저지른 사람이 이 학교 학생이라면, 어서 경찰에 자수하라고 했다. 그 바람에 수학 수업이 일종의 도덕 논쟁으로 흘러가자, 많은 학생들은 열띤 토론을 벌이기 시작했다. 녹화 영상을 직접 본 학생들을 포함해 모든 이들은 이제 냉혹한 판사라도 된 듯이 죄를 지은 자들에게 법의 심판이 내려지기를 바란다고 입을 모았다. 열띤 토론이 진행되는 중에도 아드리안, 보르하, 클라우디오는 말없이 덤덤하게 앉아 있기만 했다. 후끈 달아오른 분위기에 눌려 좀처럼 입을 열 수가 없었기 때문이었다.

교장이 교실마다 돌아다니면서 열심히 홍보한 덕분에 이제 그 사건을 모르는 학생이 없을 정도였다. 쉬는 시간이 되자, 교정과 운동장에 희한한 광경이 펼쳐졌다. 평소처럼 학생들로 붐비고 있었지만, 시끄럽게 웃고 떠드는 대신 저들끼리 무언가를 쑥덕거리거나 나직한 목소리로 의견을 주고받고 있었다. 이와 더불어 누가 범인인지에 대한 갖가지 추측이 난무하기 시작했다. 범인은 학교 학생일까, 아니면 외부인일까? 그런데 그 사건이 외부인의 소행일 거라고 생각하는 학생이 대다수였다. 익명성 뒤에 숨기 위해 학교를 이용했을 것이라는 주장이었다.

또한 일부 학생들도 은근한 비난의 대상이 되고 있었다. 그들은 폭력적이고 가학적인 성향의 영상—대부분 아주 저질스러운 내용이었다—을 촬영해 인터넷에 올리기를 좋아하는 것으로 소문난 학생들이었다. 몇 명 되지도 않는 데다 여러 반에 흩어져 있는 그들이 첫 번째로 의심을 받게 되었다. 아드리안도, 보르하도, 클라우디오도 거기에 속하지 않았다. 그와 반대로 그들에게는 항상 책벌레와 모범생이라는 딱지가 붙어 다녔다. 덕분에 그들은 매우 유리한 패를 쥐고 있는 셈이었다.

수업이 끝나자, 그들 셋은 평소처럼 같이 집에 가기 위해 모였다. 그렇다고 해서 조금이라도 의심을 살 리는 없었다. 하지만 오전 내내 아무렇지도 않은 척하느라 가슴속에 쌓인 긴장은 학교 근방에 이르러 결국 폭발하고 말았다. 특히 보르하와 클라우디오가 그랬다. 아드리안은 여전히 차분함을 잃지 않은 채, 감정을 좀처럼 드러내지 않았다. 반면 클라우디오는 이미 자포자기 상태에 빠진 것 같았다.

"이제 자수해야 돼."

"절대로 그럴 일은 없어!" 아드리안은 그의 말을 단호하게 자르며 말했다. "이미 다 끝난 이야기인데, 왜 그러는 거야! 어제 우리 셋이서 그러기로 했잖아!"

"그렇지만 첼로가……."

"그 여자가 한 말은 우리도 다 아는 거라고. 결국 일어나야 할 일이 일어난 것뿐이야."

"경찰이 바보가 아닌 이상……."

"우리도 바보는 아니야. 우리가 의견을 모으지 않고 제멋대로 행동하면 결국 최악의 상황에 이르게 될 거야. 반대로 우리가 머리를 써서 함께 행동하면, 절대로 잡힐 일은 없어."

"하지만 그들이 이미 다 알고……."

"그들이 아는 거라고는 동영상이 우리 학교 컴퓨터에서 유포되었다는 것밖에 없어. 그래서 어떻게 됐어? 우리 학교의 모든 학생들이 졸지에 용의자가 되어 버린 거잖아. 하지만 외부에서 침입해서 그런 짓을 저지를 수 있는 이들도 모두 용의자라고. 지금까지 도둑놈들이 우리 학교에 수도 없이 들어왔다는 걸 모르는 사람은 없어."

여태껏 잠자코 있던 보르하도 마침내 입을 열었다. 하지만 그의 목소리에는 걱정하는 기색이 역력했다.

"나도 우리가 뜻을 모아야 한다고 생각해."

보르하는 한번 더 아드리안 편을 들었다. 그는 아드리안의 부하이자 충견이었다. 클라우디오는 이를 잘 알고 있던 터라, 자신이 항상 불리하다고 느꼈다. 아무튼 지금과 같은 상황에서는 뭉치는 것이 중요할 것 같았다. 어떻게 되든 끝까지 뭉쳐야 했다.

"헛다리 짚은 거야." 아드리안이 혼잣말하듯 불쑥 말했다.

"뭐라고?" 보르하가 그에게 물었다.

"첼로와 경찰은 급한 마음에 아무 데나 막 찔러 보는 거라고." 그가 설명했다. "하긴 지금 그들이 할 수 있는 건 그것밖에 없지."

그러자 클라우디오는 벌판을 질주한 야생마처럼 숨을 크게 내쉬었다. 그는 바지 주머니에 손을 찔러 넣었지만, 그

안에 뜨거운 것이라도 있는 듯 곧장 손을 뺐다. 그러고는 무언가를 구걸하듯 손바닥을 위로 하고 손을 내밀었다.

"말해 봐. 그럼 우리는 어떻게 하면 되는 건데?" 그가 물었다.

"아무것도 없어." 아드리안의 대답은 단호했다. "남의 눈에 띄지 않도록 각별히 조심하면서, 그냥 평소처럼 행동하면 돼. 그리고 아무 일 없이 조용히 지나가도록 기다리는 거야."

"지금 이 상황에서 그러기는 정말 쉽지 않아."

"강박 관념에 사로잡히지만 않는다면, 절대로 어렵지 않을 거야."

"그래, 넌 할 수 있어!"

"나는 너처럼 냉정하지 않다고!" 클라우디오는 자신 없다는 듯이 고개를 절레절레 흔들었다.

그러자 아드리안은 휴대 전화를 꺼내 친구들에게 보여 주었다.

"난 영상을 지웠어." 그가 설명했다. "너희도 휴대 전화를 잘 확인해 보라고. 이번 사건과 관련된 파일이 있으면 무조건 삭제하는 게 좋을 거야. 기억력을 너무 믿지 마. 아무튼 전화를 꼼꼼히 살펴봐. 경찰이 우리 전화를 조사할 경우, 아무것도 찾지 못하도록 미리 철저히 대비해야 된다고. 사건을 언급한 대화나 글이 있으면 하나라도 남겨 놓아서는 안 돼."

"알았어. 좋은 생각이야." 보르하는 곧장 자기 휴대 전화를 꺼내 살펴보기 시작했다.

하지만 클라우디오는 다시 고개를 흔들었다.

"빌어먹을!" 그가 소리 질렀다. "내 휴대 전화로 문자 메시지를 보냈잖아!"

아드리안도 그 사실을 까맣게 잊은 듯했다. 그는 잠시 머뭇거렸지만, 이내 리더십을 발휘했다.

"그건 그렇게 위험하지 않아." 그가 말했다. "거기에는 네가 방금 인터넷에서 찾은 동영상을 우리한테 알려 주는 내용밖에 없거든. 그래, 그건 그대로 두는 게 더 좋겠어. 잘 하면 그 메시지로 우리의 알리바이를 입증할 수도 있을 것 같아. 하지만 나머지는 다 지워 버려."

"왜 하필 우리한테 이런 일이 일어난 거지?" 클라우디오가 땅을 걷어차며 말했다.

"이제 와서 불평해 봐야 아무 소용 없어." 아드리안이 그에게 대답했다.

보르하는 아드리안에게 고개를 돌리고, 마치 충직한 부하라도 되는 것처럼 그를 곁눈질로 흘끔거렸다. 그러고는 고개를 끄덕이며 그의 말에 수긍했다.

그들은 늘 가던 길을 따라 집 근처까지 간 뒤, 평소와 같은 곳—두 거리가 교차하는 곳에 있는 버려진 신문 가판대 옆—에서 헤어졌다.

다시 혼자 남은 아드리안은 길모퉁이를 돌아 자기 집 대문이 나 있는 보도를 따라 걸어가다 아기를 유모차에 태우고 가는 어떤 어머니를 피해 생각에 잠긴 채 가던 길을 계속 갔다. 그러던 중, 난데없이 불쑥 나타난 여동생과 마주쳤다. 그는 여동생을 보고 질겁했다.

"너, 여기는 어쩐 일이야?" 그는 여동생을 나무랐다.

"어쩐 일이기는." 레예스가 대답했다. "표정을 보니까 내가 귀신인 줄 알았나 보네."

"헛소리하지 마."

"내가 언제 헛소리하는 거 봤어?"

"입만 열면 헛소리하면서 무슨 소리야?"

레예스는 더 이상 오빠와 그런 쓸데없는 이야기를 하고 싶지 않다는 듯이 고개를 획 돌렸다. 하지만 잠시 침묵하던 그녀는 오빠에게 불쑥 물었다.

"오빠 반에도 첼로가 왔었어?"

"응."

"너무 충격적이야!"

"그러게 말이다."

"혹시 오빠 반에 의심 가는 애 없어?"

"없어."

"우리 반 아이는 아닌 게 분명해."

"왜?"

"우린 이제 겨우 일 학년이잖아. 그런 짓을 저지르기에는 너무 어리다고……."

"네 말처럼 어린애들이라고는 하지만 선뜻 믿을 수가 없어. 멀리 갈 것도 없이 너만 해도 그렇잖아."

"그럼 오빠 내가 그런 짓을 저질 수 있다고 생각하는 거야?"

"밤에 집에서 나갔잖아."

"진심으로 하는 얘기야?"

아드리안은 여동생을 보며 한숨을 지었다.

"아냐. 그냥 해 본 소리야." 그가 말했다.

아드리안은 무표정한 얼굴로 가던 길을 계속 갔다. 여동생은 그와 함께 간다기보다, 그의 뒤를 쫓는 것처럼 보였다. 그녀는 계속 그를 쳐다보았지만, 그는 단 한 번도 그녀를 돌아보지 않았다.

"내 생각인데, 오빠는 그런 짓을 하고도 남을 것 같아." 그녀가 불쑥 말했다.

아드리안은 여동생의 말을 듣고 갑자기 걸음을 멈추었다.

"무슨 말이야?"

"오빠가 그랬다고 하지는 않았어." 레예스는 곧바로 자기의 생각을 밝혔다. "오빠가 그랬을 수도 있다고 했을 뿐이지."

아드리안은 순간 동생에게 한마디 따끔하게 쏘아붙이려다, 생각을 바꾸어 무시해 버리기로 했다. 레예스는 사람 속을 살살 긁어 대는 데 남다른 재주가 있었다. 아드리안의 눈에 여동생은 자기 분수도 모르고 남의 일에 나서기를 좋아하는가 하면, 괜히 어른인 척하려고 상스러운 말을 해 대는 헛똑똑이에 지나지 않았다. 그래서 굳이 그 아이와 말다툼을 벌일 필요가 없었다. 아드리안이 이 세상에서 가장 말싸움하기 싫은 사람이 있다면, 그건 바로 여동생이었다. 레예스가 나이는 어려도, 도저히 말로 이길 수 없었기 때문이다. 그 아이는 똑 부러진 생각과 확고한 신념을 가지고 있을 뿐만 아니라, 아주 단순하면서도 논리적인 주장으로 자신의 생각을 옹호할 줄 알았다. 그런 이유로 그 아이의 말에 제대로 응수하기가 어려웠다.

그는 고개를 돌려 다시 걸음을 재촉했다.

"난 오빠가 그랬다고 말한 적 없어." 레예스는 아무 일도 없었다는 듯이 능청을 떨었다. "그런데 말이야, 난 머릿속으로 잡다한 것까지 다 생각하고, 상상하고, 추측한다고⋯⋯. 마치 내 뇌 속에 여러 편의 소설이 떠오르는 것만 같다니까. 난 커서 작가가 되고 싶어. 가령 어떤 남자아이가 다리 위에서 장난삼아 도로에 돌덩이를 던지고, 그 장면을 촬영한 거야. 그런데 그 돌 때문에 사고가 일어나고, 그 아이 여자 친구의 엄마가 죽고 만 거지. 와, 끝내준다! 정말 놀랍지

않아? 줄거리가 꽤 쓸 만한데. 대박이라니까! 그 내용으로
소설을 한 편 쓰고 싶어. 그런데 아직 결말이 떠오르지 않
아서 아쉽네. 어떤 소설이든 결말 부분이 항상 어려운 것
같아."

집에 도착한 아드리안은 현관문을 열었다. 그런데 여동
생이 들어오기도 전에 문을 닫아 버리는 바람에, 레예스는
하던 말을 다 마치지도 못한 채 거리에 혼자 남게 되었다.
그는 여동생의 이야기를 그냥 듣고 있을 수가 없었던 것이
다. 그는 성큼성큼 계단을 올라가 집으로 갔다.

식탁에 앉은 뒤에도 그는 레예스와 단 한마디도 나누지
않았을뿐더러, 눈도 마주치지 않았다. 그는 여동생을 무시
하고 집에 혼자 있는 것처럼 행동했다. 밥을 먹는 동안에도
텔레비전 뉴스에 귀를 기울였지만, 그들은 그 사건에 관해
서 더 이상 아무 말도 하지 않았다. 세상도 마찬가지였다.
어떤 뉴스든—가장 중요한 소식이라 할지라도—유통기한
을 가지고 태어나는 법이다. 그래서 카스티야 고속 도로 교
통사고에 대한 언론의 관심도 이미 시들해졌다. 비록 어떤
이들은 그 사고로 인해 여전히 고통받고 있고, 또 어떤 이들
은 앞으로 살아가는 동안 그 결과를 짊어지고 살아야겠지
만 말이다. 분위기가 그렇다 보니 아드리안도 이제 마음이
좀 놓이는 듯했다. 그러면서 한시라도 빨리 사회 전체가 사
건을 잊어버리기를, 세월이 흘러 다시 정상으로 되돌아가기

를, 그리고 세상을 뒤흔든 충격이 다시 진공 속에 봉인되기를 간절히 바라고 있었다. 그렇게만 된다면 얼마나 좋을까.

초저녁 무렵, 그의 휴대 전화 벨소리가 울렸다. 누리아였다. 그는 그녀와 조용히 이야기를 나누기 위해 자기 방에 틀어박혔다.

"안녕, 누리아? 어머니는 어떠셔?"

"똑같아."

"의사들은 별말 없어?"

"응."

"그럼 너는……?"

"너를 좀 만나야 할 것 같아."

"지금 병원이야?"

"응."

"당장 거기로 갈게."

"너랑 급히 할 이야기가 있어서."

"오래 걸리지 않을 거야. 오토바이를 타고 가면……."

"끊을게."

누리아가 전화를 끊었다. 아드리안은 그제야 여자 친구와의 대화가 이상할 정도로 짤막했다는 사실을 깨달았다. 그는 누리아의 기분이 가라앉아서 그랬을 뿐이라고 여기면서 크게 신경 쓰지 않았다. 잠시 후, 오토바이를 찾으러 가는 동안, 그는 방금 둘이 나누었던 대화를 곰곰이 되씹어

보았다. 누리아가 그렇게 무뚝뚝하고 직설적으로 말한 적은 단 한 번도 없었다. 그녀의 말, 아니 그녀의 말투에 어떤 의미가 담겨 있는 걸까? 하지만 그녀의 말 중에서 그를 훨씬 더 불안하게 만드는 것이 있었다. 급히 할 이야기가 있다고 했는데, 대체 무슨 일일까? 그도 모르는 사실을 누리아가 알고 있기라도 한 것일까?

그는 오토바이의 시동을 걸었다. 출발하기 전에 클리니코 병원으로 가는 길을 머릿속으로 떠올려 보았다. 거리는 그다지 멀지 않았다. 10분 안에 거기에 도착하고 나면 궁금증이 풀릴 것이다.

그는 중환자실 부근의 작고 어두컴컴한 대기실에서 누리
아와 만났다. 안으로 들어가자마자, 의자에 기대어 앉아 눈
을 감고 있는 그녀를 보았다. 잠든 것 같았다. 핏기 하나 없
이 창백하고 수척한 얼굴, 그리고 눈 밑에 짙게 드리워진 그
늘만 봐도, 그녀가 얼마나 힘든지 금방 알 수 있었다. 아드
리안은 소리 내지 않고 천천히 그녀에게 다가갔다. 옆자리
에 앉아서 그녀가 쉬도록 내버려 둘 생각이었다. 하지만 옆
의자에 앉기도 전에 누리아는 눈을 뜨더니 용수철처럼 벌
떡 일어났다.

"눈 좀 더 붙이지 그래."

"피곤하지 않아."

"피곤해 보여서 그래."

"아냐. 게다가 몇 분 후면 엄마를 보러 들어갈 수 있을 거

야. 잠깐 동안이겠지만, 내 삶에서 가장 중요한 순간이 될 거라고."

누리아는 다시 앉지 않고 대기실을 나갔다. 아드리안도 말없이 그녀 뒤를 따랐다. 복도는 중환자실로 곧장 이어져 있었다. 그는 시계를 힐끗 보고, 아직 면회 시간이 되지 않았다는 것을 알아차렸다. 일반적으로 중환자실 직원들은 면회와 시간에 대해 굉장히 엄격한 편이었다. 오로지 제한된 인원만 들어갈 수 있을 뿐만 아니라, 정해진 시간을 초과하는 것은 일절 허용되지 않았다. 중환자실에 있는 환자들의 상태가 미묘하고, 심지어 위독하기 때문에 무엇보다 그들을 방해하지 않은 것이 가장 중요한 일이었다. 그래서 오전에 한 번, 그리고 오후에 다시 한번, 짧은 시간 동안만 면회가 허용되는 것이다. 가족들이 환자를 만날 수 있는 건 오로지 그때뿐이었다. 오전 면회는 아버지가 들어갔고, 오후 면회는 누리아의 몫이었다. 그들 외에는 아무도 들어가지 못했다. 누리아의 아버지는 물론, 그녀도 그 소중한 기회를 다른 가족에게 넘겨주고 싶지 않았다.

갑자기 누리아가 아드리안을 빤히 쳐다보았다.

"다 들었어." 그녀가 말했다.

뜬금없는 그녀의 말에 그는 어리둥절할 뿐이었다. 그는 그녀가 무슨 말을 하고 싶은 건지 이해할 수 없었다.

"뭐를……?" 그는 당황한 나머지 더듬거리며 말했다.

"경찰에서 모든 사실을 확인해 줬어."

그러자 아드리안의 온몸에 식은땀이 비 오듯 흐르기 시작했다. 그는 손등으로 이마를, 그리고 손바닥으로 목덜미를 쓱 문지르면서 땀을 닦았다.

"모두……?"

"분명한 건, 부모님이 당한 사고는 의도됐다는 거야. 경찰에 의하면, 어떤 아이들이 다리 위에서 돌덩이를 던져 사고를 일으켰다고 하더라고. 그 장면을 휴대 전화로 촬영해서 인터넷에 뿌리려고 말이지." 아드리안은 최근 몇 시간 동안 수없이 반복해서 들었던 그 이야기를 다시 들었다. "그리고 그 영상이 너희 학교 컴퓨터에서 인터넷으로 유포되었다는 이야기도 들었어."

"응. 나도 그렇게 들었어." 아드리안은 다시 정신을 차리고 침착해 보이려고, 최소한 상식적으로 행동하려고 애를 썼다. "경찰이 학교에 찾아왔어. 그리고 오늘 아침에 교장 선생님이 무슨 일이 일었는지 전교생에게 다 이야기해 주기도 했고. 지금 학교에서 사건을 수사 중이야."

"하지만 경찰은 끝내 범인들을 잡지 못할 거야. 교장 선생님도 마찬가지고." 누리아는 실망스러운 기색을 감추지 못했다. "확실해."

"지금 수사 중이라니까 조그만 기다려 보자."

"아무 소용 없을 거야." 그녀도 물러서지 않았다. "그렇지만 그 범인들은 반드시 내 손으로 잡고야 말겠어."

아드리안은 누리아가 그렇게 확신을 가지고 단호하게 말하는 것을 듣고 온몸에 소름이 돋았다.

"그러지 말고 경찰을 믿……."

"싫어. 난 앞으로 단 한 사람만 믿을 거야."

"누굴?" 그는 그녀가 무슨 생각을 하는지 자못 궁금해서 물었다.

"너를."

"나를?"

"오직 너만 나를 도와 줄 수 있어."

"내가?"

"그래. 그건 오직 너만 할 수 있으니까."

"내가 어떻게 도와주면 될까?"

"아주 간단해. 범인을 찾는 거야."

한동안 긴장된 침묵이 흘렀다. 둘 중 누구도 침묵을 깨뜨릴 엄두를 내지 못했다. 그녀는 자신의 생각과 계획을 그에게 설명했다. 하지만 그는 그녀의 말 한마디 한마디가 비수가 되어 심장에 꽂히는 것만 같았다. 둘 모두 선뜻 반응을 보이지 못하는 것처럼 보였다. 다만 서로가 한 말을 받아들이면서, 한 걸음 더 나아가기 위해 지반을 다져야 할 것 같았다.

"넌 그 학교 학생이잖아." 누리아가 마침내 입을 열었다.

"학교 안에 있으니까 알아보기가 더 쉬울 거야. 살인자들은 경찰이나 교장 선생님, 선생님들에 대해서는 각별히 조심해서 행동하겠지. 하지만 학교 친구들에게는 다르게 행동할 수도 있어."

아드리안은 여전히 아무 반응도 보이지 않았다. 누리아의 말은 그의 마음을 쉴 새 없이 뒤흔들었다. 그는 졸지에 허수아비가 된 듯한 느낌이 들었다. 그녀의 입에서 나온 그 말 한마디가 그의 가슴에 깊이 꽂히면서 심장을 뚫고 지나가는 것만 같았다. 살인자들. 그녀는 범인들을 가리켜 살인자들이라고 했다. 소름 끼치는 말이었다. 그 말은 한 번도 그의 머릿속에 떠오른 적이 없었다. 살인자들. 장난삼아 휴대 전화로 촬영하려고 했던 것 가지고 살인자라고 할 수 있을까? 현실이, 필사적으로 헤집고 나오려는 무자비한 현실이 다시 한번 그의 앞에 모습을 드러냈다. 만약 그들이 가상의 삶을 가지고 장난치며 놀고 있었다면, 그 놀이의 틈 속에서 현실은 어떻게 보였을까?

"그건 생각처럼 쉽지 않을 거야……." 아드리안은 쓰러진 나무처럼, 동상처럼, 아니 흐르지 않고 고여 있는 만사나레스 강물처럼 말없이 가만히 있지 않기 위해, 무슨 말이라도 하기 위해 안간힘을 써야 했다.

"쉽지 않으리라는 것은 나도 잘 알고 있어." 잔뜩 주눅이 들어 있는 그와 달리, 그녀는 다시 활기를 되찾았다. "하지만 너는 이런저런 아이들과 이야기를 나누면서 조심스럽게 조사해 볼 수도 있고, 또 수상한 점을 물어보면서 나름대로 결론을 내릴 수도 있잖아. 그러니까 네가 범인들을 찾아내는 편이 훨씬 더 쉬울 거야. 아직 별 소식이 안 들리는 걸 보면, 경찰한테 기대하기는 어려울 것 같아."

중환자실 면회 시간이 되었다. 누리아가 출입 금지라고 커다랗게 쓰인 문 뒤로 사라지자, 아드리안은 안도의 한숨을 내쉬었다. 그는 우선 몇 분 동안만이라도 혼자서 생각을, 그리고 그녀가 산산조각 내 버린 작전을 다시 정리해야 했다. 그는 누리아의 부탁을 기꺼이 들어주어야 했다. 그리고 무엇보다 그가 친구이자 공범들에게 단단히 다짐을 받았듯이 평소처럼 자연스럽게 행동해야 했다.

그런데 그녀가 범인들을 찾아내기 위해 학교 안을 조사해 달라고 부탁하고 있었다. 어떻게 하면 될까? 그는 잠시 궁리한 끝에 그렇게 하겠다고 대답하는 것이 최선이라는 결론에 도달했다. 학교 친구들을 만나 조심스럽게 물어보고, 주변 상황을 더 자세히 살펴보고, 살인자들의 정체를 밝히겠노라고 말하기로 마음먹었다. 머릿속으로 다시 살인자들이라는 단어가 떠오르자, 그는 몸서리를 쳤다. 그는 누리아가 바라는 대로 할 수 있을 뿐이었다. 지금으로서는 그렇게 하는 것이 올바른 방법이었고, 유일한 전략이었다.

그는 다시 대기실로 돌아와 얼마 전까지 누리아가 있던

의자에 앉았다. 의자의 인조 가죽에 아직 그녀의 온기가 남아 있는 것 같았다. 그는 등받이에 머리를 기대고 한숨을 돌리려고 했다.

바로 그 순간, 그는 누리아에게 모든 것을 사실대로 털어놓을 수도 있다는 생각이 머리를 스치고 지나갔다는 것을 깨달았다. 그 생각은 마치 밤하늘을 가르는 유성流星처럼 알아차릴 틈도 없이 빠르게 사라졌다. 그는 마침내 스스로에게 질문을 던졌다. '만약 누리아에게 사실대로 말한다면?' 하지만 그 물음은 떠오르자마자 흔적도 없이 사라져 버렸다. 어떻게 보면 그녀에게 진실을 말하는 것은 사랑에서 비롯된 행동이라고 할 수 있었다. 하지만 동시에 그것은 재앙과 파멸을 불러일으킬 것이 분명했다. 그건 결국 그들을 파국으로 치닫게 할 뿐이었다. 그렇게 되면 그녀와의 관계뿐아니라, 그의 삶 또한 완전히 파멸에 이르게 될 것이다.

아드리안이 잠시 한숨을 돌리는 사이, 누리아가 돌아왔다. 그런데 그녀는 잔뜩 풀이 죽어 있었다. 아드리안은 자리에서 일어나 그녀를 안아 주었다. 그녀는 그의 품속에 숨어들었다.

"어머니는 어떠시니?" 그는 그녀에게 거의 속삭이듯이 물었다.

"저 안에 계시지만, 그렇다고 계신다고 할 수도 없어. 분명히 엄마가 맞지만, 엄마가 아니라고. 돌아가신 건 아니지만, 그렇다고 살아 계신 것도 아니야." 누리아는 흐느끼기 시작했다. "너무 끔찍해! 이런 상황에서 아무것도 할 수 없다는 것이 너무 처참하단 말이야!"

"진정해, 누리아." 아드리안은 그녀의 머리를 부드럽게 쓰다듬어 주었다.

"그냥 잠든 것처럼 누워 계셔. 상처나 외상은커녕, 어디 긁힌 자국도 없어. 심지어는 안색도 좋더라니까. 의사 말로는 차가 전복되면서 머리를 심하게 부딪쳤다고 하더라고. 그게 전부야. 단지 한 번 부딪쳤을 뿐인데, 딱 한 번, 딱 한 번……. 세상에, 어떻게 이런 일이 있을 수 있을까?"

"진정해. 이 모든 것이 다 지나가면, 너하고 내가……."

"이 모든 것이 다 끝날 무렵이면, 엄마는 돌아가셨을 거야."

누리아의 말은 다시 비수처럼 그의 가슴에 꽂혔다. 그 어떤 계획이나 생각도, 그 어떤 시도도 항상 산더미 같은 고통에 부딪치고 말았다.

"지금 집에 안 갈 거니?" 아드리안은 화제를 바꾸었다. "오토바이를 갖고 왔으니까, 태워 줄게."

"아냐. 그냥 여기 있고 싶어."

"그렇지만 다시 저 안에 들어갈 수도 없잖아."

"상관없어. 하지만 여기 있으면 엄마 곁에 있는 것 같아. 그리고 조금 있으면 또 친척들이 오기로 했어."

"그럼 잠시 산책이나 하자."

아드리안은 대답할 틈도 주지 않고 그녀의 팔을 붙잡고 대기실 밖으로 데리고 나갔다. 둘은 클리니코 병원의 길고 싸늘한 복도를 따라 걷다가, 뒷문을 통해 밖으로 나갔다. 그곳에서는 시우다드 우니베르시타리아• 방향으로 경사진 소나무 숲이 내려다보였다. 그들은 손을 꼭 잡고 걸었다. 말도 거의 하지 않고, 서로 쳐다보지도 않았지만, 그 어느 때보다 더 가까워진 느낌이 들었다. 그들은 마침내 벤치에 앉았다. 거기는 병원의 벽돌 건물이 전혀 안 보이는 몇 안 되는 곳 중 하나였다. 아드리안은 그녀를 안고 키스를 했다. 처음에 누리아는 별 관심을 보이지 않는 듯했지만, 이내 열정적으로 키스를 했다. 마치 아드리안의 입술이 자신을 과거로, 다시 말해 예상치 못한 비극이 자신의 삶을 무의미하게 만들어 버리기 이전의 상황으로 데려갈 수 있기라도 한 것처럼 말이다.

"사랑해." 그녀가 말했다.

"나도 널 사랑해." 그가 말했다.

"넌 나를 위해 무진 애를 쓰고 있잖아."

"너라도 그랬을 거야."

그녀는 서로 몸과 입술이 닿지 않고, 조금 떨어져서 그를

---

• 마드리드의 몽클로아-아라바카에 위치한 동네로, 여러 대학교가 자리 잡고 있다.

보기 위해 고개를 뒤로 약간 젖혔다. 그러고는 갑자기 정색한 표정을 지었다.

"하지만 이제부터 나를 더 많이 도와줘야 할 거야." 그녀가 말했다.

"필요하면 언제든 도와줄게."

"학교 건에 대해 말하는 거야."

누리아는 다시 그 이야기를 꺼냈다. 어떤 일이 있어도 그녀는 포기하지 않으리라는 것이 분명해졌다. 그 순간, 아드리안은 자기 속내를 언뜻 내비쳤다.

"그런데 그들을 찾아내면 어떻게 할 거니?" 그가 그녀에게 물었다.

"살인자들 말이야?"

"응."

"놈들이 내 앞에 나타나는 순간, 누가 내게 권총을 주면 그대로 방아쇠를 당겨 버릴 거야."

누리아가 전에 없이 격한 목소리로 말하는 바람에 그는 겁이 덜컥 났다. 저렇게 여려 보이는 여자아이가 무시무시한 복수심을 품을 수 있다니 놀라울 따름이었다. 복수심에 불타는 그녀는 전혀 다른 사람처럼 보였다. 잠시 후, 마음이 조금 가라앉았는지 그녀의 표정이 다시 풀렸다. 그는 고개를 절레절레 흔들었다.

"아냐. 아무래도 난 총을 못 쏠 것 같아. 단지 그들이 저

지른 일에 대한 대가를 치르게 하고 싶을 뿐이야." 그녀의
말속에는 고통과 슬픔이 뒤섞여 있었다. "하지만 아버지는
달라. 누군가 억지로 말리지 않으면 아버지는 그들을 죽이
고 말 거야."

누리아의 말을 듣고 나니, 아드리안은 그녀의 아버지가
더 두렵고 마음이 쓰였다. 안 그래도 그는 누리아의 아버지
가 어떤 감정 상태에 있는지 직접 봤기 때문에 더 그랬다.
그는 참을 수 없는 분노로 가슴이 끓어오르고 있었다. 게다
가 그는 몸집도 크고 힘도 장사였다. 누리아의 말에 일리가
있었다. 누군가 완력으로 그를 막지 않으면, 그는 자기 손으
로 범인들을 죽이고 말 것이다. 아마 야수처럼 그들에게 달
려들어 그들의 목을 움켜잡고 질식할 때까지, 아니 그의 손
가락 사이에서 목뼈가 산산조각 날 때까지 조를 것이다.

"나를 위해서 해 줄 거지?" 누리아가 서둘러 물었다.

아드리안은 더 이상 대답을 회피할 수 없다는 것을 잘 알
고 있었다. 그녀는 간절한 눈빛으로 그에게 분명하게 부탁,
아니 요구하고 있었다. 그는 속으로 다시 한번 더 자신의
좌우명을 되뇌었다. 평소처럼 자연스럽게 행동할 것. 지금
으로서는 그것이 최상의 방법이었다.

"그렇게 할게." 그가 마침내 말했다.

누리아는 아드리안의 말이 마치 기적의 물처럼 느껴졌
다. 그녀는 자기가 할 수 없는 것을 남자 친구가 기꺼이 하

려고 할지 알고 싶었다. 바로 그 순간, 그녀는 아드리안이 중요한 사실을 알아내서 결국 살인자들을 잡을 수 있을 것이라고 확신했다. 그녀는 한숨을 돌리고 다시 그의 품에 안겼다. 그녀는 손으로 그의 가슴을 어루만지다 마침내 그의 목을 잡고 부드럽게 애무했다.

그는 어쩔 수 없이 눈을 뜨고 있어야 했다. 눈을 감고 있으면, 자기를 애무하고 있는 부드러운 그 손이 별안간 무자비하게 목구멍을 파고드는 무시무시한 발톱으로 변할 것만 같았기 때문이었다.

# 화요일, 07시 00분

엘비라는 출근 시간이 빠른 데다 직장도 멀었기 때문에 제일 먼저 집을 나섰다. 하지만 떠나기 전에 식구들이 모두 일어났는지 반드시 확인했다. 그다음은 아드리안과 레예스 차례였다. 둘은 같은 학교에 다녔기 때문에 집에서 같은 시간에 나갔다. 마지막 차례는 훌리오였다. 변호사인 그는 자기 사무실을 가지고 있었기 때문에, 남들에 비해 출퇴근 시간을 보다 융통성 있게 조절할 수 있었다.

아드리안과 레예스는 그 전날부터 한마디도 나누지 않았다. 심지어는 우연히 눈이 마주치는 일조차 없도록 애를 쓰면서 서로를 피하기 급급했다. 둘은 매일 아침을 같이 먹었기 때문에 일부러 아침을 거르려고 하지 않는 한 가까워질 수밖에 없었다. 하지만 아드리안은 물론, 레예스도 매일 집에서 아침을 먹는 습관이 몸에 배었기 때문에, 빈속으로 학교에 간다는 것은 생각도 할 수 없었다. 그래서 그들은 마치 아무 일도 없었던 것처럼 식탁에 함께 앉을 수밖에 없었다.

그들은 평소처럼 행동했다. 아드리안이 코코아 우유를 두 잔 타고 냉장고에서 오렌지 주스 병을 꺼내는 동안, 레예스는 식빵을 구워 토스트를 만들었다. 그러고 나면 자리에 앉아 서로에게 눈길 한 번 주지 않고 먹기 시작했다. 그럴 때면 언제나 목욕탕에서 아버지가 샤워하는 소리만 희미하게 들렸다.

거북한 침묵을 피하기 위해 아드리안은 리모컨을 집어들어 주방에 걸린 소형 텔레비전을 켰다. 그 시간이면 거의 모든 채널에서 뉴스나 정치인들과의 인터뷰, 아니면 시사 문제에 관한 토론이 나왔다.

아드리안은 빵 조각을 큰 잔 속에 넣고 코코아 우유에 충분히 적신 다음, 다시 꺼냈다. 그런데 빵은 너무 흐물흐물해진 나머지 입안에 넣기도 전에 반으로 갈라지면서, 하필 큰 조각이 식탁 위에 떨어져 엉망이 되고 말았다.

"젠장!" 그가 소리쳤다.

그는 우유에 흠뻑 젖은 빵조각을 손가락으로 집어 아무 생각 없이 입으로 가져갔다.

"돼지 같아." 그러자 레예스가 그에게 말했다.

"내가 뭘 하든 관심 꺼."

"난 하고 싶은 말이 있으면 못 참는다고. 오빠가 하지 말라고 해서 내가 안 할 것 같아?"

"난 어떤 일이든 너한테 하지 말라고 한 적 없어."

"그럼 분명히 짚고 넘어가자고."

"난 그저 내 일에 참견하지 말라고 했을 뿐이야."

"오빤 무서워?"

"네가?"

"아니. 듣고 싶지 않은 말이 내 입에서 나올까 봐 두렵냐고."

"내가 듣기 싫은 말이 뭔데?"

"질문이야."

"무슨 질문인데?"

"오빠는 별로 듣고 싶지 않을 텐데."

"뭔데 그렇게 뜸을 들이니?"

"오빠의 여동생, 그러니까 나에 관한 거야."

"그렇다면 나를 가만 내버려 둬."

"오빠는 안 믿겠지만, 나도 그렇게 하려고 노력하고 있어. 하지만 그러고 싶어도 마음대로 안 되는 걸 어떡해. 내가 일부러 오빠를 고른 게 아니야. 십삼 년 전에 내가 이 세상에 태어났을 때, 오빠는 이미 이 집에 살고 있었어. 그러니까 오빠를 모른 체하고 지나칠 수 없다고. 분명 오빠도 나를 모른 체할 수 없을 거야. 난 오빠를 너무 잘 알고 있으니까."

"넌 내가 어떤 사람인지 전혀 몰라."

"내가 똑똑하고 관찰력이 뛰어난 아이라는 걸 잊지 마."

"거기다가 잘난 척하고 건방지고 똑똑한 체할 뿐만 아니라, 말버릇도 나쁘지……."

"넌 내 오빠, 그것도 이 세상에 하나밖에 없는 오빠잖아. 솔직히 말해서 난 오빠가 정말 좋아. 내가 오빠를 무시할 수가 없는 것도 바로 그 때문이야."

레예스의 느닷없는 애정 표현에 아드리안은 할 말을 잃었다. 처음에는 계속 이기죽거리며 약을 올리더니, 급기야 오빠에 대한 애정을 드러냈다. 아드리안은 곁눈질로 그녀의 눈치를 살피면서, 목소리를 좀 더 나긋나긋하게 바꿀 수밖에 없었다.

"내가 너 같은 여동생을 가질 만큼 잘한 게 있을까?"

"그건 엄마하고 아빠 탓이지. 엄마와 아빠가 무언가를 한 게 분명해."

"그래. 그 문제라면 더 이상 자세히 설명하지 않아도 돼."

"그럴 생각도 없었어."

"네게 조금이라도 위안이 된다면, 이번만큼은 네 말에 어깃장을 놓지 않을게. 그리고 나도 네가 정말 좋아."

남매는 마치 평화 협정, 아니면 적어도 휴전 협정에 서명한 것 같았다. 그제야 그들은 서로를 쳐다보며 미소 지었다. 하지만 레예스의 눈빛에서는 숨길 수 없는 불안감이 아른

거렸다.

"난 지금도 계속 소설을 구상하고 있어." 그녀가 그에게 말했다.

"무슨 소설인데?"

"어제 오빠한테 시작 부분을 말해 줬잖아. 그리고 아직 결말이 떠오르지 않아 답답하다고도 했고."

"아, 그랬지."

"굉장히 중요한 질문이 하나 있는데, 물어봐도 될까?"

"그래."

레예스는 자칫 잘못하면 거센 폭풍이 일어날 수도 있다고 어떤 내면의 힘이 경고라도 하는 것처럼 질문을 주저하는 듯했다. 그녀는 잔을 입으로 가져가더니, 마치 코코아 우유에서 필요한 영양소라도 찾는 것처럼 천천히 들이켰다.

"카스티야 고속 도로에서 일어난 사고 말인데, 혹시 돌을 던진 게 오빠하고 친구들 아냐?"

아드리안은 여동생의 입에서 무슨 말이 나올지 몰라 미리 마음의 준비를 단단히 하고 있었지만, 정작 그 말을 듣자마자 온몸이 얼어붙은 듯 꼼짝도 할 수 없었다. 그는 어떤 대답을 하고, 어떤 반응을 보여야 할지 도무지 종잡을 수가 없었다. 수많은 생각이 한꺼번에 뇌리를 스치고 지나 갔다. 마침내 그는 레예스가 무언가를 알고 있다는 결론에 도달했다. 동생도 그날 밤에 나갔기 때문에 우연히 그 장면을 목격했을 가능성이 있었다.

"그걸 왜 나한테 물어?" 그는 자신의 입장을 변호하기 위해 반문을 던졌다.

"난 그저 소설을 구상하다가 물어본 것뿐이야. 도로에 돌을 던진 사람이 뜻하지 않게 자기 여자 친구의 엄마를 죽였다는 줄거리를 소설로 쓰겠다고 했던 거 기억 안 나?"

"헛소리 좀 작작 해!"

"헛소리가 아니라니까!"

둘 사이의 평화는 생각보다 오래가지 않았다. 그들의 목소리에 다시 날이 서 있었을 뿐만 아니라, 말 한마디 한마디에 가시가 돋쳐 있었다.

"혹시 뭐 아는 거라도 있어?"

"난 아무것도 모른다니까!"

"그럼 입 닥치고 있어!"

바로 그때 훌리오가 주방으로 불쑥 들어왔다. 머리는 젖은 채 가운을 걸치고 있었다.

"아침부터 왜 그렇게 큰소리를 내고 그래?" 그가 아이들에게 물었다.

"아무 일 아니야. 우리끼리 이야기하다 좀 다툰 것뿐이야." 아드리안은 대수롭지 않다는 듯이 말했다.

"그럼 교양 있는 사람답게 소리 지르지 말고 해결해. 알았지?"

훌리오는 커피를 한 잔 따라 아이들 사이에 앉았다. 그러고는 곧장 토스트에 버터와 잼을 바르기 시작했다. 갑자기 뭔가 떠오른 듯, 그는 아드리안 쪽으로 고개를 돌리며 물었다.

"네 여자 친구 어머니는 어떠시니?"

"별로 달라진 게 없어."

"정말 안타깝구나." 그는 토스트를 한 입 베어 물고 우물거리며 말했다. "그럼 학교에서는 뭐 좀 알아낸 게 있니?"

"아니."

훌리오는 커피를 한 모금 마시고 잠시 생각에 잠겼다. 레예스는 아빠를 빤히 쳐다보더니 평소와 마찬가지로 그에게 불쑥 질문을 던졌다. 얼핏 보기에 하던 이야기와 아무 상관도 없는 듯했지만, 늘 그랬듯이 더 많은 의미가 감춰진 뜻밖의 질문이었다.

"아빠. 아빠 같으면 길에 돌을 던져서 사고를 일으킨 사람들을 어떻게 할 것 같아?"

훌리오는 레예스를 바라보았다.

"두말할 것도 없이 당장 작살내 버릴 거야."

"그런데 그들 중 하나가 아빠 아들이라면 어떡할 거야?"

그 말을 듣고 아드리안은 의자에 앉은 채 움찔할 수밖에 없었다. 그는 여동생을 무섭게 노려보았다. 아드리안은 그 순간, 동생의 목을 무자비하게 졸라 죽이는 상상을 할 수밖에 없었다.

"그런 망나니들 중 하나가 내 아들이라면 어떻게 하겠냐고?" 홀리오는 레예스가 제안한 게임에 마침내 참여한 것 같았다. "후유! 무슨 엉뚱한 질문을 하고 그래!"

"아빠, 한번 생각해 보라고. 아드리안이나 내가 돌멩이를 던졌다고 상상해 보라니까."

레예스는 적당히 만족할 줄 몰랐다. 집요하게 붙들고 늘어지는 것은 레예스의 장점……이자 결점이었다. 일단 어떤 문제를 꺼내면, 아무도 막지 못했다. 심지어는 오빠가 살기 띤 눈빛으로 무섭게 노려봐도 아랑곳하지 않았다.

"난 너처럼 상상력이 풍부하지 못해서……." 아버지가 말했다.

"그럼 어떻게 할지 모르겠다는 거야?"

"솔직히 말해서 잘 모르겠어. 아드리안과 너는 내게 가장 소중한 보물이니까. 난 그저 너희가 하루하루 충실하게 살아가고, 너희가 가진 모든 능력과 꿈을 발전시키면서 행복하기를 바랄 뿐이야……."

아드리안은 더 이상 듣고 싶지 않았다. 여동생이 그런 식의 질문으로 자기를 은근슬쩍 괴롭히는 것을 더는 견딜 수가 없었기 때문이었다. 그는 자리에서 벌떡 일어나, 빈 잔과 수저를 식기세척기에 넣었다. 안 그래도 학교 갈 시간이 다 되고 있었다. 책과 공책을 가지러 방으로 가는 동안, 아버지가 레예스에게 서두르라고 재촉하는 소리를 들었다.

"이제 좀 그만 물어보고 빨리 먹어."

아드리안과 레예스는 집에서 나와 함께 학교로 걸어갔다. 하지만 한참 동안 서로 한마디도 하지 않았다. 둘 사이에 다시 전쟁이 벌어진 것이 분명했다. 그사이, 아드리안은 전략을 세워 곧장 실행에 옮겼다. 그가 세운 작전은 스포츠 해설에서 빈번히 등장하는 유명한 말로 요약할 수 있었다. '최선의 방어는 공격이다.'

"내가 지금 무슨 생각하는지 말해 줄까?" 그는 계획적으로 여동생에게 물었다.

"응."

"내 생각에는 네가 한 짓 같아."

"도대체 무슨 소리를 하는 거야?"

"그러니까 네가 돌을 던져 사고를 일으킨 거라고."

"오빠, 진심으로 하는 말이야?" 레예스의 얼굴에는 충격을 금치 못하는 표정이 역력했다.

"그럼. 진심이고말고."

"정신 나간 소리 좀 하지 마."

"아무것도 모르는 척 시치미 떼지 마."

"내가 언제 시미치를 뗐다고 그래?"

"너하고 친구들이 휴대 전화로 촬영했다는 것을 다 알고 있어. 그건 부인하지 못할걸?"

"하지만 그건 다른 거야……."

"아냐. 다른 게 아니라고. 처음에는 시시한 장난질이나 촬영하다가 결국……. 이제야 다 알 것 같아, 사랑하는 내 여동생. 넌 그날 밤 집에서 나갔어. 또 넌 그 학교 학생이고 컴퓨터를 잘하지. 이제 모든 게 딱 맞아떨어지네. 게다가 너는 평소에 야한 상상도 많이 하잖아."

아드리안은 실로 오래간만에 여동생을 꼼짝 못 하게 했다는 생각이 들었다. 레예스는 당장 반격을 하려고 했지만 뾰족한 방법이 없자 갑자기 허둥거리기 시작했다. 아드리안은 공격을 계속하면서 방금 벌어진 상처를 더 깊게 쑤셔야 한다고 생각했다. 여동생이 저렇게 당황해하는 모습을 볼 기회는 드물 테니까 말이다. 하지만 둘은 어느새 학교에 도착해 있었다. 더구나 아드리안은 첫 번째 전투의 결과에 상당히 만족했기 때문에 그리 아쉽지 않았다.

그들은 교정으로 통하는 문 옆에서 잠시 멈추었다. 헤어지기 전, 레예스는 오빠에게 질문을 던졌다.

"오빠는 방금 한 말에 대해 진지하게 생각해 봤어?"

아드리안은 어떻게 대답해야 할지 몰랐을뿐더러, 대답하고 싶지도 않았다. 그는 몸을 홱 돌려 보르하와 클라우디오가 있는 곳으로 갔다. 그들은 교정 반대편, 건물 문 옆에 서서 손을 들어 아드리안에게 신호를 보내고 있었다. 그들을 만나러 가는 동안, 아드리안은 방금 전 자기가 여동생에게 했던 말을 진지하게 생각하고 있다는 것을 깨달았다. 왜 안 그랬겠는가? 퍼즐처럼 모든 조각이 완벽하게 들어맞았다. 필요하다면, 허위 정보를 꾸며내 여동생을 범인으로 몰고 갈 수도 있을 것 같았다. 그건 그다지 어렵지 않을 것이다. 잘만 하면 꽤 그럴듯해 보일 것 같았다. 게다가 레예스는 아직 어린 여자아이에 지나지 않았기 때문에, 법적으로 더 많은 보호를 받게 될 것이 분명했다. 따라서 동생에게는 아무 일도 일어나지 않을 것이다.

그 문제를 더 깊이 생각하기 위해, 아드리안은 아침 식사를 하는 동안 레예스와 나누었던 대화의 일부를, 말다툼을 벌이기는 했지만 마음속 깊이 서로를 아끼고 좋아한다고 인정했던 장면을 기억에서 지워야 했다.

그는 주머니에서 휴대 전화를 꺼내 치켜들면서 친구들에게 보여 주었다. 그건 먼저 전화 통화를 하고 그들에게 갈 것이라는 신호였다.

그는 휴대 전화에서 연락처를 뒤졌다. 누리아. 그녀의 이름과 전화번호가 둘의 사진과 함께 나왔다. 그들의 얼굴이 클로즈업된 사진이었다. 그는 통화 버튼을 눌렀다. 그녀는 곧장 전화를 받았다.

"안녕, 아드리안?"

"자고 있었어?"

"아냐."

"그럼 집에 있어?"

"응. 어젯밤에는 아빠가 나를 억지로 집에 보냈지 뭐야. 아무튼 그 덕분에 간만에 푹 잤어."

"아, 그것참 다행이다."

"그래서 지금 병원에 가려던 참이야."

"나는 수업에 들어가려고."

"나를 도와서 그놈들을 찾아야 한다는 것 잊지 마."

"물론이지. 잊지 않을게. 이미 조사에 들어갔으니까 걱정 하지 마."

누리아는 아드리안이 마지막에 했던 말이 궁금해졌다. 다시 한번 그녀는 그와 같은 남자 친구가 있어서 정말 다행 이라고 생각했다.

"뭐 좀 알아낸 것 있니?"

"아직 없어. 그냥 직감일 뿐이야."

"무슨 소리야?"

"모두 학교의 고학년 학생들을 의심하고 있어. 그런데 그 런 일이라면 어린애들도 충분히 할 수 있다고. 그러니까 일 학년 애들을 말하는 거야. 열세 살짜리 남자아이나 여자아 이들은 속으로 믿기 어려울 만큼 놀라운 생각을 하고 있다 니까. 이건 경험에서 하는 말이야."

"그래서 뭘 알아냈다는 거니?"

"솔직히 말해 아직 아무것도 몰라. 하지만 뭔가 알아내면 너한테 가장 먼저 알려 줄게."

"고마워."

"오늘 오후에 만날까?"

"그러자."

"병원에서?"

"응."

"밥 먹고 곧장 갈게."

"사랑해."

"나도."

# 화요일, 17시 30분

중환자실에 잠깐 들른 후, 두 사람은 병원 구내식당으로 향했다. 아드리안은 그날 누리아가 아침 식사 후로 아무것도 먹지 못했다는 것을 알아차렸기 때문이었다. 누리아는 배가 고프지 않다고 거듭 주장했지만, 그는 여자 친구가 그렇게 자신을 소홀히 해서 건강을 해치도록 내버려 둘 수는 없었다. 단호하게 밀어붙여야 했다. 그녀는 조금이라도 먹으라는 그의 말을 모두 거절했지만, 결국 야채 샌드위치를 주문했다.

그녀가 샌드위치를 먹는 것을 지켜보는 동안, 그는 자주 회자되는 말을 해 주고 싶은 생각이 들었다. '한 끼도 거르지 말고 잘 챙겨 먹으면서, 너 자신을 우선 생각하고, 아프지 않게 조심해. 몸이 튼튼해야 마음도 튼튼해지는 법이야…….' 하지만 그는 한마디도 하지 못한 채, 잠자코 앉아 그녀만 바라보았다. 오히려 그녀에게 그 말을 하지 않은 것이 기뻤다. 듣지도 않을 헛소리나 지껄이는 것보다, 차라리 억지로라도 뭘 먹인 것이 훨씬 더 잘한 것 같았다.

식사가 끝나 갈 무렵, 그에게 좋은 생각이 하나 떠올랐다. 그 생각대로라면 돌 하나로 새 두 마리, 아니 세 마리를 잡을 수 있을 듯했다. 그녀에게 병원이 일종의 집착의 대상으로 변한 이상, 우선 그녀를 거기서 데리고 나갈 것이다. 그런 다음 억지로 조금 더 먹일 생각이었다. 그리고 무엇보다 조금 더 오래 단둘이 있고 싶었다.

"이 근처에 아는 아이스크림 가게가 하나 있어." 그가 설명했다. "잠시 산책을 하다가 거기서 아이스크림이나 사 먹자."

"좋아. 안 그래도 아이스크림이 먹고 싶었거든." 그녀는 다시 버티기는커녕, 어린아이처럼 신이 난 표정을 지으며 말했다.

"무슨 아이스크림 먹고 싶어?"

"아무거나."

하지만 그가 자리에서 일어나려는 순간, 그녀는 그의 팔뚝을 꽉 붙잡았다. 그러고는 그의 눈을 빤히 쳐다보며 말했다.

"가기 전에 학교에서 알아낸 게 있으면 내게 다 말해 줘."

"아직은 알아낸 게 아무것도 없어."

"오늘 아침에 무언가 미심쩍은 것이 있다고 했잖아."

"그저 미심쩍을 뿐이지 확실한 건 없어. 아무 말도 하지 말았어야 했는데, 그만……."

"일 학년 애들 말이야?" 누리아가 계속 캐묻자, 아드리안은 불편한 기색을 감추지 못했다.

"난 그저 어린애들이 아무 생각 없이 행동할 때가 있다는 말을 하고 싶었을 뿐이야. 그리고……."

"아무 생각 없이 그랬다는 말은 내게 안 통해." 누리아는 그의 말을 단번에 잘랐다.

"그 나이의 아이들은 보통 자기 행동이 어떤 결과를 낳을지 생각하지 않잖아. 그래서……."

"돌을 던진 놈들은 자기가 무슨 짓을 하는지 잘 알고 있었어. 계획적으로 저지른 거라니까. 쉽게 들키지 않도록 밤에 범행을 저지른 걸 보면, 미리 철저하게 준비한 게 틀림없다고. 그런 놈들이 결과에 대해 생각하지 않았다니, 어떻게 그런 말을 할 수가 있지? 그리고 나이가 어리다고 해서 마음대로 그런 짓을 저질러도 되는 건 아니야. 어리다고 해도, 일 학년이라면 열세 살이나 먹었어. 유치원에 다니는 코흘리개가 아니란 말이야."

"그렇지만 살다 보면 누구든 아무 생각 없이 행동할 때가 있잖아……."

"그래, 맞아. 나도 아무 생각 없이 행동할 때가 있었지만,

이렇게 위험한 짓을 저지르지는 않았어. 선을 지킬 줄은 안 단 말이야."

아드리안은 다시 궁지에 몰린 기분이 들었다. 그런 상태로 그녀와 계속 대화를 나누기는 어려워 보였다. 그녀의 입장은 아주 과격해져서 어떤 뉘앙스도 받아들이지 않았다. 그녀에게 모든 것은 흑과 백으로만 이루어져 있을 뿐, 회색 지대는 존재하지 않았다. 그는 그녀에 의해 곤란한 상황에 빠지고 말았다는 느낌이 들었다. 물론 그녀가 분명하게 말하지는 않았지만, 그는 '내 편이 되든지, 아니면 내 적이 되든지' 사이에서 선택을 강요받았다. 그녀에게 중립은 없었다. 그런 상황에서 그의 입장은 분명했다. 그는 어떤 일이 있어도 항상 그녀 편에 서리라 마음먹었다.

"휴대 전화로 촬영해서 나중에 그 영상을 인터넷에 올리는 일 학년 여자아이들이 있어." 아드리안은 누리아를 조금이라도 진정시키기 위해 말을 꺼냈다.

"누구지?"

"그런데 그 아이들이 정말 그런 짓을 저질렀는지는 모르겠어."

"걔들 이름을 알려 줘!"

"하지만 다른 아이들이 그랬을 수도……."

"어서 이름이나 대라니까!" 누리아는 성화를 부렸다. 다른 이유는 전혀 듣고 싶은 마음이 없는 듯했다.

아드리안은 자기도 모르는 사이에 막다른 골목에 몰리고 있었다. 무슨 수를 써서라도 누리아의 추궁에서 벗어나야 했다. 뾰족한 해결책이 떠오르지 않았기 때문에, 일단은 그 문제를 더 혼란스럽게 만들어 그녀의 관심을 딴 데로 돌리는 수밖에 없었다.

"그런데 용의자가 더 있을 수도 있어." 그가 말했다.

"누군데?"

"그러니까 내 말은 용의자일 뿐이라는 거야."

"누군데?"

"아직 죄가 드러나지 않은 이상, 그들을 고발할 수는 없어. 그리고 내 추측이 틀렸을지도 몰라. 앞으로 상황을 계속 주시하고, 또 이런저런 아이들과 이야기를 나누면서 조사를 할 테니까, 조금만 더 기다려 줘. 처음부터 내가 하려던 게 바로 그런 거였잖아. 기억나?"

"응, 물론 기억나지. 그런데 마음이 급해져서 자꾸 서두르게 돼." 누리아는 요란한 몸짓을 하며 곧장 자신의 조바심을 인정했다. "하지만 어떻게 해도 불안감을 떨칠 수가 없어."

"네 마음은 알지만, 시간을 조금만 더 줘." 아드리안은 말을 마치고 안도의 한숨을 내쉬었다.

"그럼 용의자들이 누군지만 말해 줘."

"어…… 개들은…… 삼 학년 아이들인데…… 어쩌면 우

리 반일지도……." 아드리안은 더듬거리며 말했다. "시간을
좀 줘, 부탁이야."

"그래, 알았어. 미안해."

그제야 누리아는 자기가 남자 친구를 지나치게 몰아세
우고 있다는 사실을 깨달았다. 그래서 그녀는 뒤로 물러서
면서 여태 손으로 꽉 붙잡고 있던 그의 팔뚝을 놓아주었다.
그러고는 어서 아이스크림을 사러 나가자고 그에게 고갯짓
을 했다.

아드리안은 누리아에게 말한 것을 곧바로 후회했다. 차
라리 입 다물고 가만히 있었더라면 좋았을 텐데. 아니면 아
직 의심 가는 사람이 전혀 없는 걸 봐서는, 아마 모르는 사
람들이 컴퓨터를 이용하기 위해 학교에 들어왔을 가능성이
높다고 그녀에게 말하는 게 훨씬 더 편했을 텐데.

그는 왜 스스로 삶을 더 복잡하게 만들었는지, 그 이유
를 알고 싶었다. 그건 분명 여자 친구를 기쁘게 해 주고 싶
은 마음, 그녀를 잃지 않으려는 욕망 때문이었다. 아드리안
은 앞으로도 계속 그녀의 영웅이 되고 싶었다. 왜냐하면 그
는 그녀에게 그림자 속 영웅이 되어 가고 있는 중이었기 때
문이었다.

영웅. 영웅. 그림자 속의.

이유도 모른 채, 그는 머릿속으로 이 말을 되뇌기 시작했
다. 그리고 전치사를 바꾸면서, 의미는 같지만 뉘앙스가 어

떻게 조금씩 달라지는지 조심스럽게 관찰했다.

그림자에 가려진 영웅. 그림자 영웅. 그림자 아래의 영웅. 그림자 앞에 선 영웅. 그림자에 맞서는 영웅. 그림자 사이의 영웅. 그림자를 향해 걸어가는 영웅. 그림자 위로 나타나는 영웅. 그림자 뒤로 사라지는 영웅.

그는 돌연 언어 유희를 그만두었다. 무엇보다 그림자라는 말을 떠올릴 때마다 항상 불안해졌기 때문이었다. 그래서 그는 이제 이것저것 더 붙일 것 없이 영웅이 되는 것으로 만족해야 할 것 같았다. 물론 그림자라는 그 말이 어떤 식으로든 평생 그를 따라다니며 괴롭히겠지만 말이다.

영웅. 그림자.

영웅과 그의 그림자.

그는 이미 벌어진 일을 부인하기 위해 자기에게 어울리지도 않은 역할을 맡음으로써 삶을 복잡하게 만들고 있는 게 아닌가 하는 생각이 들었다. 그건 자신이 모든 계획을 세우고 사고를 일으켰음에도 현장에 없었다고 스스로 다짐하는 방법이었다. 증거를 부인하고, 심지어는 현실을 부인하는 방법.

그는 자신이 보여 준 냉정한 모습에 놀라움을 금치 못했다. 사실 그는 자기가 그런 행동을 하리라고는 상상도 하지 못했다. 1학년 꼬마들이 그랬을 거라고 누리아에게 넌지시 말하면서 자기 여동생을 떠올리던 냉혹함. 자기 반 아이들에게 죄를 떠넘기면서 보르하와 클라우디오를 떠올리던 냉혹함. 그게 과연 냉혹함일까? 아니면 단지 극도의 냉소주의 였을까? 그도 아니면 그 두 가지가 엉망으로 뒤섞인 것이었을까? 바로 그 순간, 그는 자기 혼자서 무사히 빠져나가기 위해 가장 친한 친구 둘을 배신할 수 있을지, 아니면 자기 여동생에게 죄를 뒤집어씌울 수 있을지 스스로에게 물었다. 하지만 선뜻 답이 나오지 않았다. 찜찜한 생각을 떨쳐 버리기 위해 그는 눈을 감고 누리아의 손을 꼭 쥐었다.

"저는 투론●을 얹은 밀크 아이스크림으로 주세요." 그녀가 주문했다.

"저는 초콜릿을 곁들인 오렌지 아이스크림이요." 그도 주문했다.

"네 것 좀 줄 거지?"

"네 것부터 주면 나도 줄게."

그들은 서로의 눈을 쳐다보며 웃었다.

둘은 손에 아이스크림을 들고 몽클로아를 지나 오에스테 공원의 백 살 먹은 소나무 사이 풀밭에 앉았다. 그들은 아이스크림을 먹느라, 한동안 아무 말도 하지 않았다. 누리아는 깊은 생각에 잠긴 채, 공원의 수풀 사이에 시선을 고

---

● 꿀, 달걀흰자, 설탕 등을 섞어 가열한 다음, 아몬드와 함께 버무린 달콤하고 고소한 스페인의 전통 과자

정하고 있었다.

"여기서는 안 보이지만, 저기를 따라 내려가면 프랑스인들의 다리가 나와." 그녀는 그곳을 향해 팔을 뻗으면서 말했다.

"응. 나도 알아."

"바로 거기서 카스티야 국도가 나와."

아드리안은 다른 방향으로 산책할 수도 있었는데 왜 하필 그 장소를 골랐을까 속으로 가슴을 쳤지만, 이미 때는 늦었다. 물론 몽클로아에서는 어느 곳으로 가든 사고 현장 부근을 맴돌 수밖에 없었겠지만 말이다. 지금으로서는 화제를 바꾸고, 그들을 거기서, 그리고 무엇보다 사건에 대한 기억에서 벗어나게 해 줄 수 있는 대화를 시작하는 것이 가장 시급했다. 하지만 그런다고 해서 돌이킬 수 없는 결과를 초래한 그 기억으로부터 달아날 수 있을까? 그건 절대 불가능했다. 그렇지만 적어도 시도는 해 봐야 할 것 같았다.

"너, 학교에 이야기했니?" 그가 불쑥 물었다.

"무슨 소리야?" 그녀는 조금 놀란 눈치였다.

"너 시험 기간이었잖아. 종강이 다 되어……."

"아, 그래! 사실 너무 급작스러운 일을 당해서 학교에 알릴 경황이 없었어. 그런데 어떻게 알고 학교에서 먼저 연락이 왔더라고. 전화가 여러 통 왔어. 교장 선생님하고 교감 선생님, 그리고 선생님들한테서……. 더군다나 요즘은 학교 친구들한테서 전화와 문자 메시지가 쏟아지고 있어. 모두 나를 도와주고 응원하고 싶어 해. 이런 상황에서도 가끔은 아이들 덕분에 힘이 난다니까. 그리고 선생님들도 시험이나 수업 걱정은 일절 하지 말라고 하셔."

"넌 성적이 워낙 좋으니까."

"응, 그 점도 영향이 있는 것 같아."

"물론이지."

"더구나 이번 일을 계기로 여러 가지 사실을 깨닫게 됐어. 가족이 아니라도 나를 진심으로 사랑하는 사람들이 있다는 걸 말이야. 그들은 지금 이 순간에도 나를 위해 애쓰고 있어. 어제는 우리 반 여자아이 둘이 나를 찾아왔더라고. 걔들 얼굴을 보니까 갑자기 힘이 솟는 거야. 그래서 눈물 한 방울 흘리지 않고 그 아이들에게 무슨 일이 있었는지, 그리고 현재 상황이 어떤지 말해 주었다니까. 내가 이야기하고 있는데, 그 아이들의 눈에 눈물이 가득 고이면서 목소리가 갈라지더라고. 그 순간에 그 아이들은 진심으로 나와 고통을 나누고 있었던 거지. 그리고 나를 도와줄 수만 있다면 무엇이든 가리지 않고 할 것 같았어. 그때 난 깨달았어. 그 아이들은 내 친구고, 나를 진심으로 사랑한다고 말이야."

"너를 진심으로 아끼고 사랑하는 사람들은 정말 많아."

아드리안은 자기도 그런 사람들 중 하나라고 말하고 싶었다.

"선생님들 말씀이 옳아. 지금은 시험 걱정할 때가 아닌 것 같아." 누리아의 말이 계속되었다. "그렇지만 어떤 일이 있어도 이번 학기는 물론, 다음 학기도 마치고 대학에 가서 늘 하고 싶던 분야를 전공할 거야. 지금은 힘들지만, 반드시 그렇게 할 거라고. 나를 위해서, 그리고 항상 나를 자랑스럽게 여기시던 우리 엄마를 위해서라도 반드시 해내고 말 거야."

"누리아, 넌 꼭 해낼 거야."

"그럼 너는?" 누리아는 자기가 한 말에 취하기 시작했다는 것을 깨닫고, 갑자기 말투를 바꾸며 말했다. 그녀는 궁금한 표정으로 아드리안을 쳐다보았다.

"나?"

"너도 하고 싶은 일을 하고 살 거니?"

"그랬으면 좋겠어."

"말하는 걸 보니, 아직 망설이고 있구나."

"사실 우리가 확신할 수 있는 게 하나도 없잖아."

"그건 사실이지만, 그래도 우리는 확신을 가지고 삶을 살아야 해. 누가, 그리고 어떤 순간에 이런 말을 하는지 눈여겨보라고."

아드리안은 고개를 크게 끄덕이며 그녀의 말에 공감을 표했다.

"그래."

"뭐가 그렇다는 거지?"

"그렇다니까! 내가 원하는 걸 하면서 살 거라고. 아무것도, 그리고 어느 누구도 나를 막지는 못할 거야."

"네가 원하는 게 뭔데?"

"너."

아드리안이 그녀에게 사랑을 표현한 것이 처음은 아니었지만, 누리아는 그의 묘한 말투에 약간 불안해졌다. 그래도 그녀는 말없이 그를 바라보며 미소 지었다. 그러고는 손을 뻗어 그의 뺨을 부드럽게 어루만졌다.

"너는 나를 무척 사랑한다는 것을 보여 준 사람들 중 하나야."

"나는 너를 잃고 싶지 않아. 절대로."

누리아는 환하게 웃어 보이며 그에게 키스하기 위해 가까이 다가갔다.

"나도 너를 잃고 싶지 않아. 절대로."

그들은 손을 맞잡은 채 풀밭 위에 나란히 누웠다. 그들은 마드리드의 어느 봄날 오후, 눈부시게 빛나는 파란 하늘을 향해 찌를 듯 높이 솟아 있는 소나무 꼭대기를 눈으로 훑고 있었다.

누리아는 소나무 사이의 푸른 하늘을 바라봤다. 초록빛 수풀 속에서 그동안 간절히 찾던 밝은 빛을 발견할 수 있으리라 생각한 그녀의 시선은 울창한 숲을 더듬고 있었다.

실제로 아드리안에게 말하고 있었지만, 그녀는 마치 혼 잣말을 하는 것처럼 큰 소리로 말하기 시작했다. 심지어 그 녀는 그의 손을 조금 더 힘주어 잡기도 했다.

"어제 나한테 뭘 물어봤잖아. 거기에 대해 많이 생각해 봤어." 그녀의 입에서 말이 천천히 흘러나왔다. "살인자를 찾으면 나더러 어떻게 할 거냐고 물었지. 그 후로 줄곧 그 생각만 하고 있어. 그들이 내 앞에 나타나는 장면이 자꾸 떠올라. 모두 얼굴이 없더라고. 하지만 네가 한 질문이 머리 에서 떠나지 않아. 마침내 그들의 얼굴과 이름, 성이 다 드 러나면 난 어떻게 반응할까? 놈들의 얼굴에 침을 뱉고, 온 갖 욕설을 퍼부어 버리고 말까? 아니면 그보다 더 심한 짓 도 할 수 있을까? 혹시 옷 속에 칼을 숨기고 있다가 경찰이 한눈판 틈을 이용해 놈들에게 덤벼들어 심장에 칼을 꽂아 버릴 수 있을까? 받은 대로 갚아 주려면. 그들도 이미 내 심 장에 비수를 꽂았으니까. 자꾸 그런 생각만 하다 보니까 네 질문에 뭐라고 대답해야 할지 모르겠어."

"그런 생각에 너무 연연하지 마." 아드리안은 무슨 말이 라도 하기 위해 무진 애를 써야 했다.

"그래. 어쩌면 나는 그런 생각에 매몰돼 있는지도 몰라." 그녀도 인정했다. "우선 내 앞에 나타난 그들의 모습이 더 이상 흐릿하지 않고 뚜렷해져서 얼굴을 잘 볼 수 있으면 좋 겠어. 살인자들의 얼굴을 말이야."

구아다라마* 산 꼭대기에서 시원한 바람이 공원으로 불어오고 있었지만, 아드리안의 온몸에서는 얼마 전부터 땀이 비 오듯 흘러내리기 시작했다.

---

● 이베리아 반도 중앙을 가로지르는 산맥

　레예스는 학교에 갈 때 오빠가 일부러 꾸물거리면서 자기를 기다리는 것을 알고 조금 놀랐다. 물론 대부분의 경우, 학교에 갈 때는 둘이 함께 갔던 것이 사실이었다. 하지만 둘 사이의 관계가 악화될 때마다 그들은 언제나 따로 가려고 했다.

　처음에는 서로 쳐다보지도 않은 채 말없이 걸었다. 물론 함께 걸어가고 있다는 것을 분명히 알고 있었지만, 이를 굳이 확인할 필요가 없었다. 둘 사이에 흐르던 무거운 침묵을, 그리고 이와 더불어 적개심의 벽을 먼저 허문 것은 아드리안이었다. 애당초 그는 한 번도 멈추지 않고 전속력으로 걸어갈 생각이었다. 하지만 그러기에는 이제 너무 늦었다. 그는 전날 오후에 누리아가 자기에게 던진 질문을 골똘히 생각하고 있었다. '너도 하고 싶은 일을 하고 살 거니?'

돌이켜보면, 자신이 했던 일이 모두 자랑스럽지만은 않았다. 그러나 그렇다고 해서 이제부터 중요한 결정을 내리고 이에 따라 행동하면서 삶의 목표를 이루려는 노력을 게을리 할 수는 없었다. 가슴 찢어지는 고통을 이겨 내려고 애쓰는 누리아처럼 말이다. 그의 첫 번째 목표는 마음속 깊이 사랑하는 여자 친구를 잃지 않는 것이었다. 그리고 두 번째 목표는 자신의 미래를, 따라서 자신의 삶을 함부로 걸어차지 않는 것이었다. 그래서 앞으로는 명확한 생각을 가지고 단호하게, 아주 단호하게 행동해야 할 것 같았다. 가끔 막다른 골목에 다다른 느낌이 들 때처럼, 어떻게든 위기에서 빠져나갈 틈을 찾아내고, 물밀듯이 밀려 들어와—자기보다 열 배는 더 큰 것처럼—마음을 무겁게 짓누르는 그 모든 비열하고 추접스러운 생각들을 서둘러 떨쳐 버리는 것이 가장 시급한 일이었다.

그는 단호하게 여동생을 향해 돌아서면서 불쑥 물었다.

"너하고 친구들이 한 짓이지!"

"무슨 말을 하는 거야?" 그 말을 듣자마자 레예스가 발끈하고 나섰다.

"넌 누구보다 더 잘 알고 있겠지. 지난 토요일에 친구들하고 우르르 몰려 나가 휴대 전화로 촬영한 거야."

"헛소리 좀 작작 해."

"그 사실을 부인할 수는 없을 거야. 혼자 집에 있는 틈을 이용해서 빠져나간 거잖아."

"그래, 맞아. 그게 뭐 어쨌다는 거야?" 레예스는 마침내
인정했다. "엄마 아빠한테 다 말씀드려. 허락 없이 밤에 나
간 거랑, 등신 같은 오빠를 둔 것까지 내가 모두 책임질 테
니까."

"밤에 몰래 나간 건 그렇다 치고, 휴대 전화로 촬영한 건
어떡할 거야?"

"미친. 내가 오빠라면 벌써 정신 병원 예약했을 거야. 머
리가 어떻게 된 거 아냐?"

"그럼 아니라는 거야?"

"당연하지!"

"알고 보니, 너 순 거짓말쟁이구나?"

"엿이나 먹어!"

"그럼 당장 인터넷에 들어가서 그동안 네가 올린 쓰레기
같은 영상을 보여 줄까? 너희들, 거기에 푹 빠져 있던데. 너
희를 찾아내는 건 누워서 떡 먹기야. 심지어 너희 목소리까
지 생생하게 들리던데, 말 다 했지 뭐."

레예스는 오빠의 예상치 못한 공격에 당황했다. 그녀는
분노가 치밀어 올라 갑자기 걸음을 멈추었다.

"그래서 뭐 어쩌라고?" 그녀는 씩씩거리며 물었다. "우린
그저 웃긴 장면을 촬영한 것뿐이야. 그래, 오빠 말이 맞아.
그렇지만 재미있게 놀려고 그런 영상을 촬영한 거라고."

"그런데 문제는 토요일 밤부터 일요일까지 네가 선 넘는 행동을 했다는 거야."

"무슨 말인지는 알겠는데, 오빠가 잘못 생각한 거야. 그건 우리가 한 게 아니라니까."

"너랑 몰려다니는 여자애들은 모두 우리 학교 학생들이 잖아."

"다시 한번 말하지만, 그건 우리가 한 게 아니라고." 레예스는 결국 분노를 터뜨렸다. "그건 다른 누구보다 오빠가 더 잘 알 것 아냐!"

"나는 네가 허락 없이 밤늦게 나갔고, 친구들과 어울려 다니면서 휴대 전화로 촬영하고 있었다는 거밖에 몰라."

"그렇다고 해서 내가……."

"그 말은 네가 용의자가 될 수 있다는 뜻이야."

"한번 잘 생각해 봐. 내가 왜 그런 짓을 하겠어?" 갑자기 레예스의 말투가 바뀌었다. 이제 마음이 조금 진정되었는지 심각한 듯하면서도, 차분한 목소리로 말했다. "나한테도 감정과 원칙이라는 게 있어. 내 감정과 원칙이 그런 짓을 저지르도록 내버려 둘 리 없다고. 감정과 원칙이 말이야! 지금 내가 무슨 말을 하는지 알겠어?"

"말 돌리지 마."

"말 돌리는 게 아냐! 오빠도 그래? 오빠한테도 감정과 원칙이 있냐고? 물론 내가 세상 물정 모르는 애송이에 불과

하다는 건 나도 잘 알아. 하지만 적어도 무엇이 옳고, 무엇이 그른지, 또 무엇이 공정하고, 무엇이 부당한지 다 알고 있단 말이야. 그 정도는 나도 분명하게 안다고. 이런 내가 그따위 짓이나 할 것 같아? 난 그런 짓을 할 생각조차 들지 않았다고. 알겠어? 그런 짓을 할 생각조차 하지 않았단 말이야!"

그들은 다시 걸음을 옮기기 시작했다. 거침없는 말들이 오고 갔지만, 그들은 잠시 침묵을 지켰다. 둘은 다시 처음의 상황으로 돌아갔다. 둘은 함께 걸어가고 있었지만, 서로를 철저하게 무시했다. 레예스의 논리 정연한 머릿속으로 수없이 많은 질문들이 스쳐 지나갔다. 하지만 그 어떤 질문에도 선뜻 대답이 나오지 않았다. 그런 탓인지 이번에 침묵을 먼저 깬 것은 그녀였다.

"나를 이렇게 협박해서 뭘 얻으려는 거야? 그녀가 물었다.

아드리안은 동생이 던진 질문을 머릿속으로 곰곰이 되씹어 보았다. 그러고는 동생에게가 아니라, 자기 자신에게 먼저 대답하려고 했다. 그가 얻으려고 했던 게 무엇이었을까? 실제로 그는 왜 엄청난 위선을 드러내면서까지 동생을 궁지에 몰아넣고 있는지 분명하게 모르고 있었다. 그는 도대체 무엇을 원했던 걸까? 막다른 골목에서 단번에 빠져나오려고 그랬던 것이 분명했다. 하지만 그토록 절박한 곤경에서 벗어나기 위해, 과연 자신이 저지른 죄를 다른 사람들, 심지어는 자기 여동생에게 뒤집어씌울 수 있을까? 그 질문을 던지자 등골이 오싹해졌다. 역겨울 정도로 아는 체할 뿐만 아니라, 사람을 열 받게 만드는 데 선수인 레예스를 볼 때마다 말다툼을 벌인 것은 사실이었다. 그렇지만 아무 잘못도 없는 동생에게 죄를 뒤집어씌우는 것은 결코 쉽지 않은 일이었다. 평소에 아무리 지지고 볶고 싸워도 그는 여동생을 진정으로 아끼고 있었기 때문이었다. 그는 과연 죄의 굴레에서 벗어나기 위해 여동생의 인생을 망칠 수 있을까?

레예스는 오빠로부터 아무 대답도 듣지 못하자 그의 눈치를 살폈다. 머릿속으로 갖가지 대답할 거리를 떠올리고 있는 오빠를 보자, 그녀는 이제 분명하게 말을 해야 할 순간이 왔다고 판단했다.

"나는 다 알고 있어. 돌을 던진 이들이 누군지, 휴대 전화로 그 장면을 촬영한 이들이 누군지, 그리고 그 영상을 인터넷에 유포하려고 학교에 들어온 이들이 누군지 말이야." 그녀는 차분하게 말했다. "직접 본 것은 아니지만, 난 확실히 알고 있어. 원하면 그들의 이름을 말해 줄까?"

"지금 날 협박하는 거야?"

"오빠도 방금 나한테 그랬잖아."

"만약 내가 그랬다면 신고할 거야?" 전혀 예상치 못한 아드리안의 질문에 레예스는 순간 당황했다.

"그러면 좋지 않겠지." 레예스는 고개를 저었다. "그러면 좋지 않겠지."

"어서 대답이나 해!" 아드리안은 갑자기 목소리를 높이며 윽박질렀다.

"아까 오빠한테 다 말했을 텐데. 여기, 내 머릿속에!" 레예스가 머리에 손을 갖다 대며 말했다. "나의 모든 생각과 감정, 그리고 나의 모든 세계가 들어 있다고 말이야. 그러니까 여기, 이 속에서 무엇이 옳고, 무엇이 그른지, 그리고 해야 할 일이 무엇이고, 하지 말아야 할 일이 무엇인지 이미 다 알고 있다고. 그런데 가끔 너무 명확한 생각이 들어서 성가실 때가 있어. 정말이야. 하지만 어쩔 수가 없어."

"빙빙 돌리지 말고 본론만 말해."

"내가 언제 말을 빙빙 돌렸다고 그래, 이 멍청아!"

"잔말 말고 어서 대답이나 하라니까!"

"그러면 좋지 않겠지. 그러면……." 레에스가 갑자기 울기 시작했다.

아드리안은 걸음을 재촉하면서, 여동생으로부터 거의 도망치다시피 했다. 그런 상황을 더 이상 견딜 수 없었기 때문이었다. 레예스가 그와 친구들을 의심하고 있다는 것이 이제 명백해졌다. 그날 밤, 친구들과 함께 그 주변을 돌아다니다가 그들 일행을 본 것이 틀림없었다. 어쩌면 어디선가 마주쳤을지도 모른다. 그렇다면 레예스는 허락도 받지 않고 외출했기 때문에 들키지 않으려고 숨었을 것이다. 그렇게 해서 그녀는 발각되지 않고 그들을 볼 수 있었던 것이다. 그래서 술에 취해 비틀거리며 프랑스인들의 다리와 카스티야 고속 도로 방향으로 걸어가던 오빠와 두 친구들을 보았던 것이다. 그 나머지는 쉽게 상상할 수 있었다. 하지만 한 가지 분명한 것은 레예스가 전적으로 확신하고 있지도 못할뿐더러—더 중요한 것은—아무 증거도 없다는 것이었다. 게다가 그 아이는 아드리안의 여동생이었고, 사실 성격이 많이 다르기는 해도 오빠를 지극히 사랑하고 있었다. 아무튼 그는 그 곤경에서 빠져나갈 방법을 계속 찾아야만 했다. 아드리안은 여기서 물러설 수 없다는 것을, 그리고 어떤 해결책이든 앞으로 나아가야 한다는 것을 잘 알고 있었다. 하지만 어느 방향으로 나아가야 하는 걸까?

학교 근처에 이르렀을 때, 보르하가 눈에 띄었다. 그는 보르하를 부르며 그에게로 달려갔다. 마침 클라우디오 없이 혼자 있는 그를 보자 아드리안은 내심 기뻤다. 그의 앞에 다다르자, 아드리안은 급하게 걸음을 멈추며 가쁜 숨을 내쉬었다.

"무슨 일이야?" 보르하는 아드리안이 새로이 무언가 알아낸 게 아닐까 하고 덜컥 겁이 났다.

"일이 점점 복잡하게 꼬여 가고 있어."

"무슨 일 있었어?" 보르하의 마음속에서 불안감이 점점 커져 가고 있었다.

"아무 일도 없었어."

"그럼……."

"빨리 탈출구를 찾아야 할 것 같아."

"탈출구? 네가 그랬잖아. 아무것도 하지 않고 아무것도 모르는 척하면서, 평소처럼 자연스럽게 행동하는 것이 최선이라고……."

"나도 알아. 하지만 지금 상황을 견디기가 너무 힘들어서……."

"그럼 나는 괜찮은 줄 아니?"

"하지만 네 경우는 좀 다르지."

"다르긴 뭐가 다르다는 거야?" 보르하가 볼멘소리로 말했다.

보르하가 오해하지 않도록 아드리안은 여태까지 그에게 말하지 않았던 이야기, 아니 말할 엄두도 내지 못했던 이야기를 해 줄 수밖에 없었다. 가령 그 사고로 인해 혼수상태에 빠져 병원에 누워 있는 여자가, 자기 여자 친구, 친구들이 한 번도 만나지 못한 여자 친구의 어머니라는 이야기 말이다.

"사실 이런 상황에서는 우리 모두 오래 견딜 수가 없어." 그는 보르하의 화가 풀리도록 말을 정정했다. "그래서 한시라도 빨리 탈출구를 찾아야 돼."

"하지만 아무 일 없이 조용히 지나가도록 기다리는 것이 최선이라고 했잖아. 매사가 다 그렇듯이, 이삼 주만 지나면 모두 잊힐 거라고 말이야."

"그런데 무작정 기다리고 있을 수는 없어."

"제발 허둥거리지 좀 마. 우린 한배를 탄 사이야. 우린 범인이라고."

"범인!" 아드리안은 그 말을 듣고 화를 버럭 냈다. 그 말이 굉장히 귀에 거슬렸던 모양이었다. "범인이라니, 우리가 무슨 죄를 지었다는 거지? 죄를 지은 것은 그 차를 몰았던 운전자야. 돌을 피해 가지 못한 운전자 잘못이라고. 잘 생각해 봐. 그 전에 지나간 차는 무사히 돌을 피해 왼쪽 차선으로 지나갔잖아. 그런데 이 차는 굳이 오른쪽으로 방향을 틀려고 했어. 거기는 차가 지나갈 공간도 없는데 말이지. 아무튼 이번 사고는 그 운전자 잘못으로 일어난 거야."

보르하는 아드리안이 무슨 의도로 그런 말을 했는지 이해가 되지 않아 놀란 눈으로 그를 쳐다보았다. 아드리안이 그들 사이에서 리더 역할을 했다는 것은 의문의 여지가 없었다. 그런 리더가 갑자기 헛소리를 내뱉고 제대로 사리 분별을 하지 못한다면 어떻게 되는 걸까?

"일단 이번 사건의 범인이 우리라는 것을 인정해야 돼." 보르하는 골똘히 생각한 끝에 다시 말했다.

"난 범인이 아니야!" 아드리안이 거세게 반발했다.

"우리 셋이 범인이야."

"나는 아니라니까!"

"또 하나는 우리가 잘못을 인정하지 않고 들키지 않으려고 했다는 점이야." 보르하는 자기도 모르게 그의 비위를 건드려 화나게 만들고 싶었다. "네가 전에 분명히 말했지. 이딴 일로 우리의 인생을 망치게 내버려 둘 수는 없다고 말이야. 하지만 우리는 영원히 죄책감에서 벗어나지 못하겠지. 우리는 그 점을 분명하게 알고 있어야 해."

보르하는 처음으로 그들 사이의 역할이 바뀌고 있다는 것을 느꼈다. 이제는 신중하고 냉정함을 유지하고 있을 뿐 아니라, 극히 어려운 상황에서도 논리적으로 판단할 줄 아는 보르하가 오히려 리더처럼 보였다. 하지만 그는 새로운 역할을 맡기가 그다지 달갑지 않았다. 아드리안의 그늘에 있을 때가 더 편안했기 때문이었다. 그런데 아드리안이 계속 저런 식으로 나온다면, 누군가가 대신 그 자리를 맡아야 했다.

바로 그 순간, 클라우디오가 학교 정문으로 다가오고 있었다. 친구들을 보자, 그는 곧장 그들이 있는 곳을 향해 걸어갔다. 그의 의도를 알아차린 아드리안은 갑자기 기분이 언짢아졌다. 그와 함께 있기가 무척이나 꺼려지는 눈치였다.

"그럼 나중에 너하고 나 둘이 만나서 조용히 얘기를 나누자." 그가 보르하에게 말했다.

"그래, 좋아. 그러는 게 좋겠어. 함께 만나서 이야기를 나누면, 기분도 더 좋아지고 마음도 더 든든해질 거야."

"내 말은 너하고 나, 단둘이 이야기하고 싶다는 거야." 아드리안은 분명히 못 박았다.

"그럼 클라우디오는?"

"골칫덩어리는 빼고."

"좋아. 너 좋을 대로 해." 보르하는 그의 요구를 받아들였다.

"오늘 저녁 일곱 시 십오 분에, 강에서."

"알았어."

친구들 앞에 다다르자, 클라우디오는 팔을 어색하게 흔들며 그들에게 인사했다.

"안녕?"

아드리안은 아무 대꾸도 하지 않았다. 그는 불편한 기색을 숨기지 않고 몸을 돌려 서둘러 자리를 떠났다. 어리둥절해진 클라우디오는 눈으로 그를 좇았다. 그러곤 곧장 보르하 쪽으로 몸을 돌렸다.

"왜 저래?"

"아무것도 아냐."

"무슨 일 있었어?"

"아니. 여전히 그대로야."

"그런데……."

"신경이 바짝 곤두서 있더라고. 하긴 너나 나도 마찬가지지."

"그럼 우리 계획대로 밀고 나가는 거지?"

"물론이지."

보르하와 클라우디오는 학교 정문으로 걸어갔다. 학생들이 엄청나게 몰려들고 있었다. 수업 시작까지 5분밖에 남지 않았다. 둘은 곧 학생들 무리 속에 끼어 수많은 머리와 가방의 물결 속으로 사라졌다.

# 수요일, 19시 15분

　'강에서'라고만 해도 충분했다. 강은 그의 동네를 빙 돌
아 도시를 가로질러 흘렀다. 하지만 그들이 강에서 만난다
는 것은 정확한 장소, 즉 산 안토니오 데 라 플로리다 대성
당• 앞 다리를 건너기 전, 오른쪽으로 조경이 되어 있는 산
책로의 철제 난간―강물이 흐르는 수로와 땅의 경계에 설
치되어 있다―옆을 가리켰다. 거기서 몇 미터 위든 아래든
상관없었다. 그곳이 바로 만남의 장소였다. 강. 놀이공원의
연못처럼 인공적으로 만든 것처럼 보이는 그 강. 흐르지 않
는 강, 오히려―회복하도록 몸을 결박한 환자처럼―흐르지
않게 만든 강.

---

• 마드리드의 몽클로아-아라바카 구역에 위치한 대성당. 성당 앞의 다리는 빅토리아
여왕 다리인 것으로 보인다.

보르하가 그 장소에 도착했을 때, 아드리안은 이미 그를 기다리고 있었다. 보르하를 보자마자, 아드리안은 그에게 다가가 다리를 건너 강 건너편을 한 바퀴 돌자고 했다. 그러면 약속 장소 주변에 있던 동네 친구들과 마주치는 일도 없을 테니까 더 좋을 것 같다고 했다. 설마 클라우디오를 만나게 될지 누가 알겠는가.

보르하는 군말 없이 그가 하자는 대로 따랐다. 그는 리더의 역할을 맡고 싶지 않았다. 대신 예전처럼 남의 눈에 띄지 않게 계속 뒷전에 물러서 있고 싶었다. 그 자리가 훨씬 더 편하고 든든하게 느껴졌다. 그래서 그는 그날 오전 아드리안에게서 나타났던 급작스러운 태도의 변화가 자신에게 너무나 큰 영향을 미치지 않기만을 바랐다. 더구나 그는 아드리안이 대체 무슨 말을 하려는 건지, 그리고 왜 클라우디오를 빼고 자기하고 단둘이서만 만나려고 했는지 알고 싶었다. 혹시 자기가 전혀 모르는 무언가를 발견한 것은 아닐까?

이제 충분히 멀리 왔다는 생각이 들자 아드리안은 말을 꺼내기 시작했다. 그는 자기 마음을 무겁게 짓누르고 있는 것에 대해 숨기지 않고 단도직입적으로 말했다.

"가능한 한 빨리 이번 사건을 종결시켜야 해." 그가 말했다.

"이번 사건을 종결시킨다고?" 보르하는 그 말을 듣고 깜짝 놀라서 물었다. "꼭 경찰처럼 말하는구나."

"상관없어. 우리라고 그렇게 말하지 말라는 법은 없잖아."

"그런데 무슨 뜻으로 한 말이야?"

"모두가 만족할 만한 결과가 나와서 다 잊고, 다시는 그 이야기가 나오지 않도록 사건을 확실하게 해결하고, 마무리 짓자는 거야……."

"그건 말처럼 쉽지 않을 텐데."

"그러려면 우리 손으로 범인들을 찾아내는 수밖에 없어."

아드리안의 말을 듣고 보르하는 너무 놀라 떡 벌어진 입을 다물 줄 몰랐다. 처음에는 그의 말을 잘못 들었거나, 그의 의도를 제대로 파악하지 못한 걸로 생각했다.

"너, 뭐라고 했어?"

"범인들을 찾는다고 했어." 아드리안은 아무렇지도 않다는 듯이 태연하게 같은 말을 반복했다.

"범인이 누구인지 잊은 거야?"

"만약 우리가 다른 범인들을 찾아내서 경찰에 넘기면 우리는 더 이상 범인 취급을 당하지 않아도 돼."

"너 제정신이야?"

"그럼."

"지금 네가 무슨 말을 하고 있는지, 넌 전혀 모르는 것 같은데."

"정확하게 알고 있어."

"그렇다면 더 이해가 안 가. 네가 말한 것처럼, 나도 어서 이 사건을 종결시켰으면 좋겠어. 완전히 잊어 먹고 싶다고.

하루하루가 가시방석에 앉은 것처럼 불안하고 무서워. 무서워 죽겠다고. 지금까지 느꼈던 것과는 전혀 다른 두려움이야."

"그럼 넌 내가 마냥 태평스러운 줄 아니?"

"아냐. 절대 그럴 리는 없어. 그러니까 그런 이상한 생각을 다 하는 거겠지."

"다시 한번 말하지만, 난 이상한 생각 따윈 하지 않아."

"하지만 내가 보기에는 그래."

"단지 이 위기에서 벗어나려고 하는 것뿐이야."

보르하는 여전히 아드리안을 이해할 수 없었다. 아무튼 그의 태도는 눈에 띄게 달라졌다. 친구들에게 냉정하고 침착한 태도를 잃지 말고, 아무 일 없이 조용히 지나가도록 기다리자고 독려하던 모습은 온데간데없이 사라지고, 불안하고 초조한 기색이 역력하게 드러나고 있었다. 게다가 그는 자신이 내뱉은 말의 의미를 제대로 파악하지 못하고 있었을 뿐만 아니라, 그 말을 통해 무엇을 표현하려고 했는지도 모르는 듯했다.

"그럼 뭘 하자는 거야?" 보르하가 솔직하게 물었다.

"너도 이 상황에서 벗어나고 싶지?"

"그걸 말이라고 해?"

"그렇다면 간단해. 범인이 될 만한 놈을 찾아내기만 하면 돼."

"대체 누구를 범인으로 몰고 갈 생각이니?"

"클라우디오야."

보르하는 아드리안의 입에서 자기 친구의 이름이 나오는 것을 듣고 너무 놀라 한동안 입을 다물지 못했다.

"클라우디오?" 그는 믿을 수 없다는 듯이 되물었다.

"그래, 맞아. 우리의 골칫덩어리 클라우디오 말이야."

"걔는 내 친구야. 절대 개한테 모든 책임을 전가할 수는 없어." 보르하의 머리는 극도로 혼란스러웠다. "그건 친구를 배신하는 거라고."

"그래야 우리가 이 상황에서 무사히 벗어날 수 있어."

"난 벌써 양심의 가책을 느끼고 있어. 그런데 이런 상황에서 클라우디오에게 모든 죄를 뒤집어씌운다면…… 난 생각하기도 싫어. 정말 그렇게 한다면, 난 평생 두 발 뻗고 편히 못 잘 거야."

"아마 하루나 이틀, 아니면 일주일 정도 못 잘 수도 있겠지……. 하지만 우린 무사히 살아남을 거야! 그러기만 하면 우린 다시 편하게 잘 수도 있고, 하고 싶은 거 다 할 수도 있을 거라고. 산다는 게 다 그런 거잖아. 세상이라는 게 다 그런 거잖아."

"그건 밀림의 법칙이지."

"정신 좀 차려! 그게 세상이야! 더군다나 우리가 세상을 그렇게 만든 것도 아니잖아. 우리가 태어날 때 이미 그렇게 되어 있었다고."

"그렇지만 그런 세상을 우리가 더 나쁘게 만들고 말 거야."

보르하는 머릿속에서 복잡하게 맴돌고 있던 생각을 분명하게 정리하려는 것처럼 손바닥으로 얼굴을 쓸어내렸다. 그는 아드리안과 가까이 있는 것이 불편한 듯, 약간 떨어졌다. 심지어 그는 한 방향으로 몇 걸음 내딛다가, 잠시 후에는 그 반대쪽으로 걸어가기도 했다. 마지막으로 그는 일정한 거리를 둔 채, 다시 아드리안을 바라보았다.

"우리가 그렇게 한다고 가정해 보자." 그가 아드리안에게 말했다. "그러니까 클라우디오를 고발한다고 가정해 보자고. 그러면 클라우디오가 팔짱 끼고 가만히 보고만 있을 것 같아? 녀석도 틀림없이 우리를 고발할 거야. 게다가 아마 겁에 질려 우리가 한 짓을 낱낱이 불 거라고."

"그렇다면 녀석의 말과 우리 말 사이의 대결이 되겠지." 아드리안은 그런 경우에 대해 이미 생각해 둔 것처럼 곧바로 대답했다. "한 사람의 진술과 두 사람의 진술 사이의 대결이 될 거라고."

보르하의 마음속에서 놀라움과 더불어 당혹감이 막을 수 없는 물결처럼 숨 쉴 틈도 없이 시시각각으로 불어나고 있었다. 현재 상황을 파악하고 이를 곰곰이 따져 본 다음, 아드리안에게 대답하기 위해서는 시간이 필요했다. 하지만 아드리안은 끝끝내 자기 주장을 굽히지 않았다. 보르하는 검과 벽 사이에 놓인 신세가 된 것 같았다. 그는 그 표현의 정확한 의미를 처음 깨달았다. 검과 벽. 어찌 보면 그들 셋은 처음부터 검과 벽 사이에 놓여 있었던 셈이다. 하지만 이제는 그 포위망이 자신을 향해 점점 더 죄어들어 오고 있는 느낌이 들었다.

"우리가 그렇게 한다고 가정해 보자." 보르하는 같은 말을 되풀이했다. "그러니까 우리가 클라우디오를 고발한다고 생각해 보자고. 하지만 클라우디오 혼자서 그런 짓을 저질렀다는 것은 상식적으로 납득할 수가 없어. 그러려면 최소한 두 사람이 필요해. 경찰도 이 정도는 다 알고 있어."

"그러니까 적어도 한 사람이 더 필요하다는 거지? 그런 문제라면 걱정할 필요 없어. 어쩌면 그 두 번째 사람은 절대 나타나지 않을 수도 있어. 아니면 나타날 수도 있겠지. 중요한 것은 우리가 용의선상에서 제외된다는 점이야. 무슨 말인지 알겠어? 그래야만 이 사건을 완전히 종결시킬 수 있다고."

보르하는 다시 아드리안의 곁에서 떨어져서 걸었다. 그의 얼굴에 불안해하고 당황하는 기색이 점점 더 역력하게 나타나고 있었다. 그는 나무 벤치로 가서 등받이에 몸을 기대고 앉았다. 팔뚝은 허벅지에 얹고, 고개는 거의 무릎에 닿을 정도로 푹 숙이고 있었다. 그는 그런 자세로 한동안 꼼짝도 하지 않았다. 그는 마침내 고개를 들었지만, 아드리안에게 물어보기만 했다.

"그럼 너 하나 편해지려고 친구를 불구덩이 속으로 밀어 넣을 수 있을 것 같니?"

"며칠 전에 물어봤다면, 아니라고 했을 거야."

"그럼 지금은?"

"이제는 모든 게 변했어."

"그래, 모든 게 변했지. 하지만 난 절대 그러지 못할 거야."

아드리안은 굳게 마음먹고 보르하가 앉아 있는 벤치로 다가갔다.

"사실이 들통나면 우리가 어떻게 될지 다시 한번 말해 줄까?"

"그건 나도 알아."

"우리는 아직 열여덟 살이 안 넘었기 때문에, 잡혀간다 고 해도 금방 감옥에서 나올 거야. 하지만 우리는 결코 자 유로워지지 못할 거라고. 결국 사람들은 다시 보이지 않는 감옥에 우리를 가두어 버릴 테니까. 그들만의 잣대로 우리 를 심판하고 형벌을 내릴 거야. 우리가 무슨 짓을 저질렀는 지 세상에 알려지면, 결코 예전처럼 우리를 보지는 않겠지. 그러면 우리는 예전의 상태로 절대 돌아갈 수 없게 되는 거 라고."

"나도 안다고 했잖아."

"그렇기는 하지만……."

"그렇기는 하지만, 우리는 절대로 클라우디오를 불구덩이 속으로 밀어 넣을 수 없을 거야. 그렇다고 내가 너를 밀어 넣을 수도 없을 테고. 그러니까 우리 셋이 모두 불길 속으로 뛰어들든지, 아니면 함께 이 위기에서 벗어나려고 애쓰든지, 둘 중 하나야."

"넌 아주 낭만적이구나." 아드리안이 빈정거리는 투로 말했다.

"좋을 대로 생각해."

"난 오로지 이것 하나만 생각해. 내가 무사히 살아남기 위해서는 무슨 짓이든 할 거라고 말이야."

"생각해 보니까 어느 순간부터 '나'라고만 하네. 왜 더 이상 '우리'라는 말을 안 쓰는 거지?"

"내 경우는 좀 다르니까."

"이봐…… 어떻게 그런 말을 할 수 있어?"

"넌 절대 이해 못 해! 너희 둘은 절대 이해 못 해! 아니, 아무도 이해하지 못한다니까!"

"진정해."

"난 무슨 일이 있어도 이 상황에서 벗어나야 된다고!"

감정이 폭발하고 나자, 아드리안은 상념을 떨쳐 버리려는 듯 머리를 세차게 흔들었다. 대화를 끝내려는 눈치였다. 하긴 그 문제를 놓고 더 이상 왈가왈부하기는 어려울 것 같았다. 그는 보르하에게 손짓으로 간단히 작별 인사를 하고 서둘러 자리를 떠났다.

보르하는 한동안 같은 자세로, 미동도 않고 나무 벤치에 앉아 있었다. 아드리안의 말을 듣고 난 뒤, 그의 머릿속은 극심한 혼란의 소용돌이 속으로 점점 더 깊게 빠져들고 있었다. 걱정과 불안, 그리고 초조함이 쉴 새 없이 그를 들볶았지만, 아드리안에게 모든 걸 분명하게 말하고, 자신의 생각과 감정을 솔직하게 표현했기 때문에 오히려 홀가분한 기분이 들었다. 그는 모두의 생각과 달리 자신이 아드리안의 그림자가 아니라는 사실을 깨달았다. 아드리안과의 대화를 통해, 오히려 자신만의 기준과 판단력을 가지고 있음을 분명히 보여 주었다.

그는 벤치에서 벌떡 일어나 집으로 향했다. 가는 길에 그는 아드리안이 겉으로 보기보다 훨씬 더 불안해하고 동요하고 있다는 생각이 들었다. 그렇지 않고서는 그가 왜 그런 반응을 보였는지 이해할 수 없었다. 그는 아드리안의 속내를 알아차릴 수 없던 터라, 셋이 모두 극한 상황에 처해 있어서 그런 거라고 대충 얼버무릴 수밖에 없었다. 그렇다. 아드리안이 말했던 것처럼, 그 또한 이번 사건을 빨리 종결시키고 싶었다. 한시라도 빨리 무시무시한 이 공연의 막을 내리고, 무슨 일이 있었는지 까맣게 잊어버리고 싶은 마음뿐이었다. 그 사건으로 인해 그들은 모두 변해 가고 있었다. 그런데 놀랍게도 작전을 세우고 친구들의 마음을 진정시키면서 조금씩 제정신을 차리도록 만들어야 할 리더가 가장 많이 변해 버린 것 같았다.

집에 도착하기 직전, 그는 오토바이를 타고 어디론가 떠나는 아드리안과 다시 마주쳤다. 그가 두 손을 흔들며 인사했지만, 아드리안은—그를 못 봤을 리가 없는데도—모른 체하고 지나가 버렸다.

오토바이를 타고 집에서 클리니코 병원으로 가는 것은 아드리안에게 이제 일상이 되기 시작했다. 출발하기 전, 그는 누리아에게 전화해서 아직도 병원에 있는지 확인했다. 그녀를 보고 싶으면서도, 곁에 있기가 두려웠다. 왠지 그녀가 수상한 낌새를 알아차릴 것 같기도 했고, 거북한 질문을 불쑥 던질 것 같기도 했기 때문이었다.

그녀는 아버지와 함께 중앙 로비에 있었다. 아드리안은 빅토르와 악수를 나누고 누리아에게 입을 맞추었다. 잠시 후, 그는 무슨 대답을 할지 뻔히 알면서도 평소와 같은 질문을 했다.

"어머니는 좀 어떠세요?"

"그냥 그대로야." 빅토르가 대답했다. "기계에 의존해서 간신히 생명을 유지하고 있어. 오늘 의사를 만나서, 아내가 편안하게 저세상으로 갈 수 있도록 기계를 다 떼 달라고 부탁했지. 말은 못 하지만, 그녀도 그걸 바라고 있을 거야. 그런데 그것조차 마음대로 안 되더군."

"난 엄마가 기계의 힘에 의존해서라도 살아 계시면 좋겠어." 누리아는 눈물이 그렁그렁한 눈으로 아버지에게 대꾸했다. "그러면 적어도 계속 엄마를 볼 수 있고, 몸을 만지면서 엄마가 살아 계신다는 것을 느낄 수 있을 것 아냐……. 아빠, 이제 가망이 없다는 건 나도 잘 알아. 그리고 언젠가 돌아가시리라는 것도. 하지만 그 순간을 최대한 늦추고 싶다고. 매일 아침 해가 뜰 때마다, 가장 먼저 '제발 오늘도 아무 일 없게 해 주세요'라는 생각이 들어."

빅토르는 쓸쓸한 표정을 지으며 고개를 저었다.

"구내식당에 잠깐 다녀올게." 그가 그들에게 말했다. "너희들, 뭐 좀 마실래?"

누리아와 아드리안은 서로 눈빛을 교환했다.

"우린 나가서 산책하고 올게." 그녀가 대답했다.

그리고 그들은 평소와 마찬가지로 병원을 나와 주변을 산책했다. 둘은 서로 허리를 꼭 껴안고 걸었다. 아드리안은 이상적인 남자 친구답게 그녀에게 따뜻한 위로의 말을 건넸다. 그녀는 힘들 때 자기 곁을 지켜 주고 힘이 되어 준 그에게 다시 고마운 마음을 전했다. 그들은 껴안고 입을 맞추었다.

아드리안은 어떤 일이 있어도 누리아를 잃고 싶지 않다고 속으로 재차 다짐하고 있었다. 그런데 바로 그 순간, 그녀가 불쑥 물었다. 감상에 젖어 있던 그를 현실로, 그것도 가장 비정하고 잔인한 현실로 끌어내린 거북하기 짝이 없는 질문이었다.

"뭐 좀 알아낸 거 있니?"

그 말을 듣자 그는 꿈에서 깨어난 듯한 기분이 들었다. 아드리안은 다시 마음이 언짢았지만, 감정을 겉으로 드러내지 않으려고 애를 썼다. 사실 그는 어떻게 대답해야 할지 몰랐다. 어떤 대답을 해도 만족스럽지 않을 것 같아 두려웠기 때문이었다.

"아니." 그가 마침내 대답했다.

"그런데…… 아직도 같은 아이들을 의심하고 있는 거야?" 누리아는 쉽게 물러서지 않았다.

"그냥 의심이 가는 정도야."

"좀 더 자세히 말해 줄 수 없니?"

"확실하게 아는 건 하나도 없어."

"상관없어."

"휴대 전화로 이것저것 촬영하고 다니는 일 학년 여자아이들이 있나 봐." 결국 그 말을 털어놓기로 마음먹자, 그는 온몸이 뻣뻣해지고 식은땀이 흐르기 시작하는 것을 느꼈다. "그리고 우리 반에도…… 조금…… 글쎄, 조금 골칫덩어리인 남자아이가 하나 있어……."

"그건 또 무슨 소리야?"

마음이 몹시 언짢아진 아드리안은 누리아를 놓아주면

서 살짝 뒤로 물러섰다. 누리아가 자기 표정에서 이상한 낌새를 금방 눈치챌 것 같았다.

"이게 다야. 그 이상은 알아낸 게 없어." 그는 그 문제를 이쯤에서 마무리 지으려고 했다. "쉽지가 않네."

그녀도 더 이상 채근하지 않았다. 그 틈을 이용해 그는 화제를 바꾸려고 했다.

"우리 아이스크림 먹으러 가자." 그가 말했다.

그녀는 말없이 그를 따라갔다. 하지만 머릿속으로는 휴대 전화로 촬영하고 다니는 일 학년 여자아이들과 반에서 골칫덩어리라는 남자아이를 떠올려 보려고 했다. 하지만…… 골칫덩어리라는 게 대체 무슨 뜻일까?

# 수요일, 22시 15분

집에 도착했을 때, 가족들은 거실에서 텔레비전을 보고 있었다. 그의 아버지와 어머니는 각자 자기 몫의 소파를 차지하고 앉아 있었다. 그 자리는 부모님 전용이라 아무나 함부로 앉을 수 없었다. 반면 레예스는 바닥에 앉은 채 안락의자 옆에 몸을 기대고 있었다. 그녀는 텔레비전 화면과 휴대 전화 화면을 번갈아 보느라 어느 한군데도 집중하지 못하고 있었다.

"안녕?" 그는 문간에 엉거주춤하게 선 채 인사했다.

"오븐에 저녁거리가 조금 남아 있으니까," 엄마가 그에게 말했다. "약간 데워서 먹어."

"배 안 고파. 누리아랑 아이스크림 먹었거든."

아드리안은 다시 머뭇거렸다. 식구들과 함께 거실에 있을지, 아니면 방으로 가야 할지 아직 마음을 정하지 못했다.

그때만 해도 그는 그 망설임이 최근 며칠 동안 마음에 담아 두려고 했던 그 모든 것을 허공 속으로 사라지게 만드는 데 결정적인 역할을 하게 되리라는 것을 까맣게 모르고 있었다. 그가 문간에 서서 잠시 머뭇거리는 사이, 아버지는 그에게 너무나 당연하고 자연스러운 질문을 던졌다.

"누리아의 어머니는 좀 어떠시니?"

"그냥 그대로야. 의사들도 이제 가망이 없다고 하나 봐. 지금은 기계에 의존해서 간신히 생명을 유지하고 있어. 그런데 누리아의 아버지 빅토르는 의사들한테 기계를 다 떼 달라고 했다더라고."

"오, 하나님 맙소사!" 그 말을 듣자 그의 엄마가 탄식했다.

"어찌 보면 그게 최선의 방법일지도 몰라." 그의 아버지가 말했다. "그러면 쓸데없는 고통은 안 겪어도 될 테니까. 내가 그 입장이라면 그렇게 해 주기를 바랄 것 같아."

"그만해! 그만하라니까!"

숨죽여 듣고만 있던 레예스가 갑자기 소리를 질렀다.

"남의 입장에서 생각하기가 어디 쉬운 줄 알아?" 레예스가 나서며 말했다.

아드리안은 여동생을 빤히 바라보았다. 그 아이의 유치한 소설에서 본 적이 있는 그 말을 가지고 대체 무슨 소리를 하려는 건지 물어보고 싶은 눈치였다.

"그래. 그건 참 어려운 일이지." 아버지도 그녀의 의견을 수긍했다.

하지만 레예스는 한번 말을 시작하면 거리낌 없이 실컷 떠벌리는 편이었다. 그녀는 적절한 순간에 말을 멈출 줄도 몰랐을뿐더러, 멈추려고 하지도 않았기 때문에, 입에서 무슨 말이 나올지 예측하기가 정말 힘들었다.

"가령 돌을 던진 아이들의 부모 입장에서 한번 생각해 보라고." 그녀가 아버지에게 단도직입적으로 말했다.

아드리안이 늑대였더라면, 당장 여동생에게 달려들어 날카로운 송곳니로 목덜미를 물어 버렸을 것이다. 그는 자기한테 저런 여동생이 있다는 것이 가장 큰 불행이라는 생각이 들었다. 왜 입을 다물 줄을 모를까? 제발 뇌에서 기계를 떼어 내고 생각을 멈추면 좋으련만, 왜 그러지 않는 걸까?

"어저께 아침 먹을 때도 나한테 비슷한 걸 물었지?" 아버지가 딸에게 물었다. "그럼 정말 아드리안이 그 돌을 던졌다고 상상해 보라는 거니?"

바로 그때, 그들의 말에 자존심이 몹시 상한 아드리안이 나서며 말했다.

"아니면 저 애가 그랬다고 상상해 보라니까!" 그는 자기도 모르게 소리를 꽥 지르고 말았다. "그런 짓이라면 레예스도 할 수 있었다고!"

"그따위 쓸데없는 소리는 이제 그만 좀 해." 말다툼을 벌이는 아이들을 보다 못해 어머니가 참견하고 나섰다.

아버지는 목덜미가 아픈 것처럼 두 손으로 뒷목을 잡고 고개를 뒤로 젖혔다. 그러고는 다리를 꼬면서 숨을 크게 내쉬었다.

"냉정하게 생각해 보면, 어떻게 할지 모르겠구나." 그가 속내를 털어놓았다.

"그게 무슨 소리야?" 하지만 레예스는 집요하게 붙들고 늘어졌다.

"그런 일이 일어나면 사람들은 모두 피해자의 편을 들기 마련이란다. 그리고 그게 정상이지. 그런데 너는 나더러 자꾸 그 반대편에 서라고 우기는구나. 그건 참 힘든 일이야. 한편으로는 정의가, 그리고 다른 한편으로는 감정이 있으니 말이다. 나 같은 변호사는 아들이 범죄를 저질렀다는 사실을 받아들이기 아주 어려울 것 같구나. 생각하기도 싫다."

"그럼 아빠는 정의보다 감정을 더 우선시한다는 거야?"

"너는 뭐가 그리도 궁금한 게 많니?" 아버지는 기분이 조금 상한 것 같았다.

아드리안은 아버지가 한소리만 해도 여동생이 찍소리도 못 할 거라고 생각했지만, 그건 크나큰 오산이었다.

"나는 원래 그런 아이잖아." 레예스가 계속 말했다. "그새 잊어버렸어?"

"아냐, 설마 그럴 리가. 잊을 게 따로 있지, 어떻게 그걸 잊겠어?"

"만약 아드리안이 그랬다면, 어떻게 될까?"

그 순간, 아드리안은 비디오 게임의 히어로들처럼 자기에게도 초자연적인 힘이 생겨, 아무 흔적도 남지 않도록 벼락으로 동생을 내리치고 싶은 마음이 간절했다. 거대한 폭발이 일어나고, 서서히 뿌연 연기가 걷히는데…… 아무것도 보이지 않는다! 자기 손에 벼락을 뿜어내는 권총이 있다면, 한 치의 망설임도 없이 그대로 방아쇠를 당겨 버릴 것 같았다.

"아드리안은 아직 열여덟 살이 안 넘었기 때문에," 아버지는 딸에게 계속 설명했다. "감옥에 가지는 않겠지만 소년원에서 풀려나오지는 못할 거야. 그리고 재판도 받게 되겠지. 아무튼 각종 언론 매체에서는 난리가 날 게 분명해. 텔레비전, 라디오 방송, 일간지 같은 데서 말이다……. 그렇게 되면 온 세상 사람들이 저마다 의견을 내놓고, 판단을 내리겠지. 결국 사건 하나가 그 사람뿐 아니라, 그 주변에 있는 사람들의 삶을 송두리째 파괴하고 말 거야. 그들에게는 지울 수 없는 낙인이 찍힐 테니까."

"그럼 아빠는 그냥 내버려 둘 거야?"

대화가 길어지면서 아버지의 얼굴에 짜증스러운 기색이 역력하게 드러나기 시작했다. 아마 이야기를 하느라 보고 있던 영화의 줄거리를 따라가기가 힘들었기 때문에 그랬을 것이다. 하지만 자기가 대답을 내놓기도 전에 미리 질문을 준비하는 딸의 집요한 공세에 무릎을 꿇을 수도 없는 노릇이었다.

"아빠 그냥 내버려 둘 거냐고?" 그녀가 다시 물었다.

"내버려 두다니…… 뭘 말이니?"

"그러니까 아드리안이 감옥에 가서 재판을 받고, 세상 사람들이 모두 오빠에 대해서 이러쿵저러쿵 떠들어 대도 그냥 내버려 두겠냐는 거야."

"그러지는 못할 것 같은데." 마침내 아버지가 대답했다. "지금 나한테 어떻게 할 거냐고 자꾸 묻지 마. 난 잘 모르니까. 하지만 우리 가족이 지뢰를 밟은 것처럼 산산조각 나도록 절대 내버려 두지는 않을 거야."

"그럼 정의는?"

"그런 경우라면 정의 따위에 신경 쓰지 않을 거야."

아버지에게서 예상 밖의 말을 들은 레예스는 너무 당황한 나머지 계속 질문을 던질 수가 없었다. 훌리오는 변호사였다. 그래서인지 그녀가 기억하는 한, 정의라는 단어는 집에서 가장 많이 쓰이던 말 중 하나였다. 그리고 그 단어는 그녀가 주변에 일어나는 많은 일—가령 너무 복잡한 사회의 문제나 삶의 문제 등—을 이해하는 데 큰 도움을 주었다. '이 세상에는 불의가 판을 치고 있지만, 우리는 항상 정의를 위해 싸워야만 해.' 이건 레예스가 지어낸 말이 아니라, 아버지한테서 들었던 말이다. 어릴 때부터 이 말을 귀에 못이 박히도록 들은 덕분에, 그녀는 지금과 같은 모습으로 자랄 수 있었다. 정의. 불의. 그건 어떤 인간들과 다른 인간들을 구별하고, 선한 사람들의 세계와 악한 사람들의 세계를 구별하는 기준이었다.

여동생이 잠자코 있자, 아드리안은 이를 승리의 신호로 받아들였다. 기나긴 논쟁이 드디어 막을 내린 셈이었다. 그러자 아드리안은 안락의자에 앉아 레예스로부터 배턴을 이어받았다. 하지만 그는 몰라서 질문을 던진 게 아니었다. 그의 질문은 무엇보다 복수였다. 수중에 모든 것을 파괴시키는 벼락이 없는 이상, 그는 자기가 당한 것과 똑같은 방법으로 여동생을 괴롭혀 줄 생각이었다.

"만약 레예스가 그랬다면, 어떻게 될까?" 그는 아버지에게 물었다.

"이제는 네 차례니?" 훌리오가 볼멘소리로 투덜거렸다. "이게 무슨 일이람. 너희하고 이야기하느라 영화를 하나도 못 봤잖아."

"그런 짓이라면 레예스도 할 수 있었다니까. 아니면 레예스하고 비슷한 아이든지." 아버지가 투덜거렸지만, 아드리안은 이에 아랑곳하지 않고 말했다.

레예스는 그의 말에 적잖이 충격을 받은 듯했다. 그녀는 당황한 기색을 감추지 못했다. 그녀의 표정이 갑자기 굳어지더니, 얼굴에 수심의 그늘이 짙게 드리워졌다. 그 아이는 원래 남을 공격하고 주도권을 쥐어야 직성이 풀리는 스타일이었다. 하지만 불의에 공격을 받으면, 분노로 치를 떨곤 했다. 레예스는 공격을 당하는 데 익숙하지 않았다.

"그 경우는 전혀 다르지." 아버지는 텔레비전에서 눈을 떼지 않고 대답했다.

"왜?"

"쟤는 여자아이잖니. 재판을 받기도 어려울 거야."

"그렇다면 차라리 레예스가 피의자가 되는 게 훨씬 낫겠네."

"그렇지. 조금 더…… 편하겠지." 아버지도 동의했다. "물론 저 아이에게 심리적으로 큰 영향을 미칠 수도 있겠지만 말이다."

레예스는 오빠의 속셈을 빤히 들여다보고 있었다. 이제는 의심의 여지가 없었다. 오빠와 그의 친구들이 돌을 던져 사고를 일으킨 것이다. 하지만 재판을 받고 선고를 받기에는 동생이 아직 너무 어리기 때문에, 그녀에게 죄를 뒤집어 씌우려는 게 분명했다. 물론 레예스는 법적으로 어린 여자아이로 간주될 수 있었다. 하지만 그녀는 자기를 어린아이로 여기지 않았다. 열세 살이나 된 데다, 자기가 봐도 주관이 뚜렷하다는 게 그 이유였다. 다른 건 몰라도 아이 취급받는 것은 정말 싫었다.

"그러면 온 가족이…… 고통을 덜 받겠네. 그렇지 않아?"

아드리안은 곁눈질로 동생의 눈치를 계속 살피면서 이야기했다. 하지만 동생을 응징하면서 내심 고소해하고 있었다.

"고통에도 여러 가지가 있지." 아버지가 찬찬히 설명했다. "그리고 어떤 것으로도 덜기 어려운 고통도 있단다. 그렇지만 네 말이 맞을지도 몰라. 지금 나는 아버지로서가 아니라, 변호사로서 말하고 있는 거야."

"그럼 우리는 레예스에게 모든 죄를 덮어씌우면 되겠네." 아드리안은 농담으로 한 말이라는 듯, 씩 웃으며 말했다.

"그걸 농담이라고 하니?" 그의 말을 듣기 거북했던지, 어머니가 불쑥 끼어들었다. "딴 이야기 좀 하면 안 돼?"

"내 말은 저 아이가 꼭 그렇게 했다는 게 아니라, 그랬을지도 모른다는 거야." 아드리안은 놀린다기보다 빈정거리는 말투로 말을 이어 나갔다. "그러니까 여러 상황을 가정하고 있는 것뿐이야."

"내가 그런 게 아니라니까!" 레예스는 더 이상 참지 못하고 소리를 버럭 질렀다.

복수에 성공하자 내심 흐뭇해진 아드리안은 계속해서 동생의 신경을 건드렸다.

"난 네가 그랬을 수도 있다고 한 것뿐이야."

"내가 그런 게 아니라고! 내가 그런 게 아니라니까!" 속이 부글부글 끓어오르던 레예스는 폭발하기 일보 직전이었다.

"이제 그만해!" 어머니는 치졸한 말싸움을 빨리 끝내고 싶었다.

"너는 그날 밤에 허락도 안 받고 몰래 친구들하고 나가 휴대 전화로 이상한 거나 촬영했잖아. 그러니까 네가 그랬을 수도 있다고 한 거야."

아드리안은 곧장 자신에게 무자비하게 몰아닥칠 결과를 예측하지 못한 채, 마침내 비장의 무기를 꺼내 들고 말았다.

"난 아니야!" 레예스는 말했다. 아니 오히려 소리쳤다. 아니 오히려 분통을 터뜨렸다. 이와 동시에 와락 울음을 터뜨리자 금세 굵은 눈물이 뺨을 타고 흘러내렸다. "아드리안이 그랬다고! 내가 다 봤어! 아드리안과 친구들이 그러는 걸 봤다고! 셋이 다 술에 취해 있었어! 카스티야 고속 도로 쪽으로 가고 있었단 말이야!"

아드리안은 맞받아칠 수도 있었지만, 그러지 않았다. 아니 그럴 수 없었다. 그의 마음속에 도사리고 있던 불가사의한 힘이 아무 말도 못 하게 막았던 것이다. 그래서 그는 여동생의 말에 아무 대꾸도 할 수 없었다. 시간을 되돌려 다시 말다툼이 있기 전의 상태로 돌아가고 싶었지만, 그럴 수도 없었다. 그는 몸을 움직이거나, 어떤 걱정거리, 아니면 감정을 은근히 암시하는 표정을 짓고 싶었지만, 그마저 마음대로 되지 않았다. 아무것도 할 수 없었다. 누군가 기계와 연결된 생명줄을 모두 뽑아 버린 듯한 느낌이 들었다. 그런데 신기하게도 그는 여전히 숨을 쉬고 있었다. 이상하게도 그의 심장은 여전히 뛰고 있었다. 이상하게도 그의 몸에서 땀이 나기 시작했다.

텔레비전은 계속 켜져 있었지만, 거실에는 숨 막히는 정적이 흘렀다. 시시각각으로 흐르면서 돌처럼, 한밤중에 어떤 자동차가 지나가기 직전 아스팔트에 떨어진 그 돌덩이처럼 딱딱하게 굳어져 가는 정적이었다.

잠시 후에야 훌리오는 리모컨으로 텔레비전을 끄고, 소파에서 일어나 아들이 앉아 있는 안락의자로 다가갔다. 그는 아들의 두 팔을 잡아 꼭두각시 인형인 것처럼 자기 앞에 일으켜 세웠다. 그는 목소리를 높이지 않고, 차분한 표정으로 천천히 말했다.

"자, 무슨 일이 있었는지 하나도 빠짐없이 모두 이야기해. 말해 봐. 넌 지금 가족과 함께 있어. 그러니 다 이야기해 봐. 가족은 무슨 일이 있어도 너를 지켜 줄 테니까."

레예스는 어머니의 품에 꼭 안긴 채, 하염없이 울고 있었다. 마치 딸에게 옮은 것처럼, 아니면 불길한 예감이 들기라도 한 것처럼, 어머니도 울기 시작했다.

아드리안은 이제 더 이상 버틸 수 없었다. 최근 며칠 동안 아슬아슬하게 유지해 왔던 긴장감이 갑자기 연기처럼 사라지면서, 마지막으로 남아 있던 힘과 의지마저 다 잃어버렸다는 것을 깨달았다. 마치 졌다는 것을 분명하게 인정하면서 힘겨웠던 싸움을 완전히 끝낸 듯한 느낌이었다. 더 이상 선택의 여지가 없었다.

"어서 말해!" 아버지가 재촉했다.

문제는 바로 그것, 말하는 것이었다. 모든 것을 사실대로 털어놓는 수밖에 없다는 것을 그 자신도 잘 알고 있었다. 하지만 어디서부터 시작해야 할지 도무지 감이 잡히지 않았다. 말이 그의 머릿속에서 교묘하게 피해 다니는 바람에 쉽게 잡히지 않았다. 말이 없으면, 생각은 그의 뇌 속에서 소용돌이치는 카오스 상태에 지나지 않았다. 결국 눈을 감은 그는 눈꺼풀에 힘을 주고 말하기 시작했다. 처음에는 자기가 무슨 말을 하고 있는지도 거의 몰랐다. 그러나 이야기는 곧 분명해져 가기 시작했고, 사건들은 현실의 압도적인 논리에 맞춰 완벽하게 앞뒤가 들어맞으면서 순서대로 전개되고 있었다. 무엇보다 아드리안은 자기 입에서 나오고 있는 말이 현실, 현실의 단편, 자기를 낚아채 버린 현실의 발톱이라는 것을 알고 있었다.

이야기가 끝날 무렵, 그는 자신의 존재 속에 여러 감각이 기이하게 뒤섞여 있는 듯한 느낌이 들었다. 드디어 무거운 짐을 벗어 던진 사람이 느끼는 평온하고 고요한 마음, 낮잠을 자러 간 중세 수도사가 깨어 보니 400년이나 흐른 것을 알았을 때 느꼈을 법한 당혹감, 그리고 두려움과 공포감……

어머니와 딸은 여전히 부둥켜안고 있었다. 아버지와 아

들은 마주 선 채 서로 바라보고 있는 두 개의 석상 같아 보였다. 마치 갑자기 캐릭터들이 움직이지 않고 뻣뻣하게 굳어 멈춰 버린 비디오 게임처럼, 모든 것이 일시 정지된 느낌이었다.

하지만 이건 비디오 게임이 아니었다. 그 순간 울리던 아드리안의 휴대 전화 벨 소리가 이를 증명했다. 그의 바지 주머니에서 벨 소리가 나기 시작했다. 그는 허벅지에 진동을 느낄 수 있었다. 그는 주머니에 손을 넣어 전화를 꺼내고는 다시 아버지를 빤히 쳐다보았다. 아버지에게 전적으로 복종하겠다는 눈빛이었다. 그는 어떤 식으로든 이미 아버지에게 주도권과 권위, 그리고 결정권을 넘겨주었다. 이제 그의 운명은 아버지의 손에 달려 있는 셈이었다. 그래서 그가 하라는 대로 할 수밖에 없었다.

"누리아예요." 그가 말했다.

바로 그 순간, 훌리오의 표정이 험하게 일그러졌다. 그는 아무도 듣지 못하게 숨죽여 험한 말을 내뱉으며 머리를 세차게 흔들었다. 잠시 후, 그는 손가락으로 아들을 가리키며 말했다. 아니, 명령했다.

"전화를 받되, 평소처럼 자연스럽게 행동해. 무슨 말인지 알겠어? 그 아이가 네 목소리에서 아무것도 눈치채지 못하게 하란 말이야!"

아드리안은 아버지의 명령을 알아들었고 그대로 따를

것이라고 알려 주려는 듯, 고개를 끄덕였다. 그는 전화를 받았다.

"아, 누리아구나."

하지만 대답 대신, 가슴을 저미는 듯한 울음소리만 들렸다. 그 때문에 누리아의 목소리는 거의 알아들을 수도 없었다.

"돌아가셨어, 돌아가셨다고⋯⋯."

아드리안이 굳이 말하지 않아도 아버지는 무슨 일이 벌어졌는지 눈치채고 있었다. 그의 아버지는 또다시 머리를 세차게 흔들면서 험한 말을 중얼거렸다. 사건이 갑자기 빠르게 진행되기 시작했다. 그 때문에 그는 해결책을 찾기 위해—설령 해결책이 있다고 해도—차분하게 생각할 여유가 없었다. 그는 곧장 병원으로 간다고 누리아한테 말하라고 아들에게 손짓했다.

"지금 거기로 갈게." 아드리안은 아버지가 시키는 대로 했다.

누리아는 대답조차 하지 못했다. 그녀는 눈물의 바다, 짜고 쓴 바닷속에서 허우적거리고 있었다.

아드리안이 전화를 끊자, 훌리오는 단호하게 나서기 시작했다.

"지금 당장 병원에 가." 그가 아들에게 말했다. "그리고 나무랄 데 없는 남자 친구처럼 행동하면서, 그 아이를 격려

하고 위로해 줘. 그리고 여기서 말한 건 한마디도 입 밖에 내지 마! 그 이야기는 우리만 아는 거니까, 절대 밖으로 새어 나가지 않도록 조심하라고! 알겠어? 그동안, 우린 좀 더 생각해 볼 테니까."

아드리안은 고개를 끄덕이며 병원으로 출발했다. 문을 나서기 전에 그는 어머니와 여동생을 힐끔 돌아보았다. 둘은 너무 울어 벌게진 눈으로 그를 쳐다보았다. 침묵의 시선을 보자 그는 가슴이 아릿아릿 저렸다. 아드리안은 오토바이를 찾으러 서둘러 거리로 내려갔다.

# 목요일, 10시 00분

장례식장이 있는 복도의 한쪽 끝은 야외로 이어져 있었다. 거기서는 양방향이 차들로 붐비는 톨레도 고속 도로가 훤히 내려다보였다. 도로에 길게 늘어선 저 차들은 분명 매일 같은 시간, 익숙한 목적지를 향해 그곳을 지나는 것이리라. 저 차들에 비하면, 빨간 벽돌로 된 사각형의 커다란 건물에 각 층마다 복도가 길게 이어져 있는 장례식장은 그저 일상적인 풍경의 일부에 지나지 않았다. 장례식장은 교차로에 위치한 수많은 산업용 건물들 사이에 있었다. 어떤 이들에게 그 건물은 42번 고속 도로와 포블라도스 대로 사이의 교차로에 있었지만, 다른 누군가에게는 그것이 삶과 죽음 사이의 교차로나 마찬가지였다.

아드리안은 중앙 복도 벽에 걸린 모니터에서 돌아가신 누리아 어머니의 이름을 찾았다. 그러고는 곧장 시신이 안

치되어 있는 빈소로 갔다. 그는 꽃다발, 그리고 보라색 리본이 달린 근조 화환으로 가득 찬 꽃가게 앞을 지나갔다. 계단과 구조물 배치, 그리고 공간…… 모든 게 거대한 쇼핑몰을 연상시켰다. 심지어는 구내식당, 주차장, 여러 매장의 위치를 알려 주는 표지판이 곳곳에 붙어 있었다. 시신의 위치를 알려 주는 음성 안내만 없을 뿐, 모든 것이 다 갖추어져 있었다.

그는 영구차가 시신을 옮길 때까지 병원에서 내내 누리아 곁을 지켰기 때문에 그날 밤 거의 잠을 자지 않았다. 아버지와 친척들과 함께 떠나는 그녀를 배웅하고 난 다음에도 그는 곧장 집으로 돌아가지 않고 강에 갔다. 힘들 때면 그는 언제나 강으로 갔다. 그는 오토바이를 난간에 기대어 놓고 한동안 걸었다. 걷는 동안, 그는 보르하와 클라우디오를 생각했다. 그들은 자기처럼 무너지지 않고 꿋꿋이 버티면서, 그들끼리 맺은 침묵 협정에 따라 여전히 입을 굳게 다물고 있을 것이 분명했다. 그는 그들이 오로지 자기를 위해서 그렇게 하고 있다는 것을 잘 알고 있었다. 그 모든 것을 결정하고 계획한 것이 그였을 뿐만 아니라, 그는 그들의 리더였고, 두 친구는 이를 군말 없이 받아들였기 때문이었다. 하지만 리더인 그가 가장 먼저 무너지고 말았다. 이제 그의 운명은 아버지의 손에 달려 있었다. 그의 아버지는 어떻게 그 난국을 헤쳐 나갈지 아직 막막했지만, 어떻게든 위기를 벗어날 방법을 찾아낼 수 있을 것만 같았다. 아드리안은 슬픔과 후회를 조금이라도 덜기 위해, 그 사고의 희생자가 하필 누리아의 어머니였다는 사실을 구실 삼아 자기 자신에게 면죄부를 주려고 했다. 정말이지 불운이라고 할 수밖에 없는 그런 사건이 삶에서 일어나기 불가능한 듯 보여도, 실제로는 매일 같이 벌어지고 있다. 이런 사실이 그를 무겁게 짓누르고 있었다. 그래서 이제는 친구들이 상상조차 할 수 없을 만큼 무거운 압박감에 시달려야 했다.

그는 새벽녘이 되어서야 집으로 돌아왔다. 오전에 장례식장으로 가서 누리아와 다시 만날 생각이었다. 문을 열고 들어가자, 거실에 앉아 있는 아버지의 모습이 눈에 들어왔다. 아드리안은 아버지의 얼굴에서 그런 표정을 본 적이 한 번도 없었다. 슬픔과 의구심, 두려움과 불안감 등, 서로 어울리지 않는 감정들이 복잡하게 뒤엉켜 있었다. 그들은 겨우 몇 마디 말만 주고받았다. 아드리안은 시신이 오후에 장례식이 거행될 때까지 병원 장례식장에 머물게 될 거라고 설명했다.

"네 여자 친구 곁에서 잠시도 떨어지면 안 돼." 아버지가 그에게 말했다.

"그럴게."

"그 아이에게 각별히 신경 써 주고, 잘 보살펴 줘. 그리고 어떤 일이든 도와주겠다고 해."

"응."

"나는 그사이 해결책을 찾아볼 테니까."

아드리안은 10시 정각에 병원 장례식장에 도착했다. 뜬
눈으로 밤을 새우다시피 했지만, 이상할 만큼 정신이 맑았
을 뿐만 아니라, 어떤 일이라도 견딜 수 있을 만큼 팔팔했
다. 문 옆으로 한 무리의 사람들이 몰려 있었다. 그런데 그
들은 모두 누리아와 그녀의 아버지를 빙 둘러싸고 있었다.
아드리안은 거기로 걸어갔다. 누리아의 곁으로 가까이 다가
가기도 전에 빅토르가 사람들을 헤치고 나와 그를 안아 주
었다. 여자 친구의 아버지가 그를 안아 준 것은 그때가 처음
이었다. 그는 아드리안의 등을 가만히 두드려 주었다. 그는
말없이 안아 주기만 했다.

잠시 후, 아드리안은 누리아 곁으로 다가갔다. 얼굴에 햇
빛이 비치자 고통의 흔적이 여실히 드러났다. 고통은 그녀
를 더 성숙하게 만들어 준 듯했다. 그의 눈에 누리아가 처
음 여자로 보였다. 쓰라린 고통은 그녀의 아름다움을 조금
도 앗아가지 못했다.

"괜찮아?"

"아니."

"잠은 좀 잤어?"

"자고 싶지 않아. 내내 깨어 있고 싶어. 더군다나 잠을 자
고 싶어도 못 잘 것 같아."

"그렇지만 조금이라도 쉬어야 해."

"앞으로 평생 쉴 수 있을 텐데 뭐. 하지만 지금은 단 몇 시간만이라도 엄마 곁에 있고 싶어."

아드리안은 발끝에서 머리끝까지 오싹 전율이 일면서, 어떻게 대답해야 할지 막막했다. 그런데 그때 등 뒤에서, '저 잘생긴 젊은이는 누리아의 남자 친구인데, 자기 딸아이를 지극정성으로 돌봐 주고 있는 훌륭한 아이'라고 사람들에게 설명하는 빅토르의 목소리가 들렸다.

"이제부터 누리아에게 더 많은 도움이 필요할 거야." 누군가가 나서며 말했다.

아드리안도 그 사실을 잘 알고 있었다. 누리아는 도움이, 그것도 많은 도움이 필요할 것이고, 그는 언제든지 그녀를 도울 준비가 되어 있었다. 단 한 순간도 그녀의 곁을 떠나고 싶지 않았다.

시간이 흐르면서 많은 친척들과 친구들이 속속 도착했다. 그중 몇몇은 그 전에 병원에서 마주친 적이 있어서 낯이 익었다.

모두 침통한 표정이었다. 그들은 서로 안고 입을 맞추었다. 그러고는 함께 숨죽여 울었다. 사랑하는 이를 그렇게 어이없이 떠나보내야 한다는 것은 너무도 슬픈 일이었다.

그녀를 마지막으로 보기 위해 빈소를 찾은 이들은 모두 복받쳐 오르는 감정을 이기지 못해 눈물을 글썽이며 나왔다.

"마치 잠든 것 같아." 모두 같은 말을 되뇌었다.

누리아도 엄마를 보려고 여러 번 들어갔다. 하지만 아드리안은 도무지 그럴 엄두가 나지 않아, 밖에 남아 그녀가 나오기를 초조하게 기다렸다.

11시경 홀리오와 엘비라가 도착했다. 그들은 누리아를 두어 번밖에 못 봤지만, 빈소를 찾아 조의를 표하지 않으면 안 될 것 같았다. 게다가 아드리안의 상태를 지켜보면서 흔들리지 않고 차분하게 행동하는지 확인할 필요가 있었다. 그리고 그들이 내린 결정을 한시라도 빨리 아드리안에게 전해야 했다. 무엇보다 그것이 가장 중요했다.

아드리안이 누리아의 아버지에게 자기 부모님을 소개했다. 그들은 악수를 나누며 예의상 꼭 필요한 말을 나누었다. 물론 조문할 때 전하는 위로의 말은 진심에서 우러난 것이기는 하지만, 그것만큼 단조롭고 공허한 것도 없었다. 홀리오와 엘비라는 누리아의 볼에 입을 맞추고, 등을 토닥이며 격려했다.

아드리안의 부모는 한동안 사람들 사이를 돌아다니며 조금 전까지만 해도 전혀 모르던 사람들과 이야기를 나누었다. 하지만 누리아가 어머니 곁에 더 있고 싶어 다시 빈소로 들어간 틈을 이용해 홀리오는 아들에게 다가가더니 그의 팔을 붙잡고 거리가 내다보이는 복도 반대쪽 끝으로 데리고 갔다.

"지금부터 내가 하는 말 잘 들어." 아버지는 그에게 단도직입적으로 말했다. "우리의 목적은 단 하나야. 어느 누구도 네 삶과 우리 가족의 삶을 망치지 못하게 하는 거. 그러니까 지금부터 그 점을 항상 명심해야 해. 네가 그 빌어먹을 사건에 연루되었다는 게 밝혀지는 날에는 우리 가족이 어떻게 되겠니? 상상하기조차 싫구나."

항상 점잖은 말만 하던 아버지의 입에서 '빌어먹을'이라는 말이 튀어나오자, 아드리안은 적잖이 놀랐다. 평소 아버지라면 더 명확하고 더 올바르면서도 덜 거친 말을 썼을 수도 있었다. 그는 전에도 그런 생각이 들었지만 이미 파국의 소용돌이에 휘말린 이상, 품위고 나발이고 다 필요 없다고 판단한 것이 분명했다.

"다른 건 몰라도 멀쩡히 잘 다니던 학교가 교정 시설로 바뀌고, 네 학교 생활 기록부가 경찰 조서로 바뀌는 꼴은 절대로 용납할 수 없어. 내가 두 눈 시퍼렇게 뜨고 있는 한, 네가 결코 빠져나오지 못할 구덩이 속에 떨어지도록 내버려 두지는 않을 거야. 그리고 우리 가족이 그런 수치를 당하도록 내버려 두지도 않을 거다. 그러니까 지금부터 내가 하는 말을 잘 들어. 알겠니?"

"응."

"우선 표정부터 좀 바꿔. 넋 나간 사람처럼 멍한 얼굴을 하고 있잖니."

"알았어."

"토요일 저녁부터 일요일까지 네 엄마하고 나는 캠핑카를 세우고 열두 시경에 집에 돌아왔어. 그리고 네 여동생과 너는 둘이 같이 있는 조건으로 우리한테 허락을 받고 외출한 거야. 그런데 너는 레예스를 개 친구한테 맡겨 두고, 보르하와 클라우디오를 만나러 간 거지. 그 아이들은 계속 술을 마셨어. 사실 녀석들은 이미 고주망태가 되어 있었지. 그래서 넌 얼마 지나고 나서 레예스를 찾으러 갔던 거야. 그러니까 네가 잘못한 것은 여동생을 한동안 혼자 내버려 둔 것밖에 없는 거라고. 그러다 너희 둘은 새벽 세 시에 집에 돌아왔어. 새벽 세 시에 말이다! 다시 말해, 사고가 일어나기 전에 집에 온 거라고. 그리고 엄마와 나는 집에서 너희 둘을 기다리고 있었어. 무슨 말인지 알겠어?"

"알았어." 아드리안은 방금 아버지가 쉬지도 않고 줄줄 이야기해 준 내용을 머릿속으로 다시 떠올려 보면서 고개를 끄덕였다.

"새벽 세 시야!" 훌리오는 아들이 분명하게 알아듣지 못했을까 봐, 단단히 다짐을 받았다.

"응. 그런데……."

"그러니까 사고가 난 시간에는 온 가족이 집에 있었던 거야. 따라서 네가 그런 망나니짓을 할 리가 없었다는 거지. 게다가 너는 어떤 돌도 던지지 않았어. 그렇지?"

"나는 휴대 전화로 그 장면을 촬영했어. 돌은 던진 건 개네들이야."

"맞아. 이번 사고는 그 녀석들 책임이라고. 너는 여동생을 데리러 가려고 새벽 세 시가 되기 전에 프랑스인들의 다리 부근에서 그 아이들과 헤어졌어. 녀석들은 완전히 취해 있었고."

아드리안은 아버지가 그런 해결책을 생각해냈다는 사실에 놀라움을 감추지 못했다. 아버지는 아들을 구하기 위해 친구들에게 죄를 뒤집어씌우기로 한 것이다. 그런데 무엇보다 아버지도 그런 방법을 염두에 두고 있었다는 것이 더 놀라웠다.

그건 아드리안이 오로지 누리아를 위해서만 정당화했던 비열한 배신이었다. 그녀를 위해서라면 그는 어떤 것이든 할 마음의 준비가 되어 있었다. 하지만 누리아를 잃는다면 도저히 견딜 수 없을 것 같았다. 그의 머릿속은 온통 누리아 생각뿐이었다. 하지만 아버지는 그와 전혀 다른 생각을 하고 있었다. 아무튼 가장 중요한 것은 아버지가 그의 편을 들었고 어떻게든 그를 무사히 지켜 주려고 했다는 점이었다. 본인이 직접 나서 진두지휘하는 아버지의 모습은 평소보다 훨씬 더 강인해 보였다.

"하지만 친구들은 나한테 책임을 전가할 거야." 아드리안은 친구들이 어떻게 나올지에 대해 우려를 나타냈다.

"다시는 그 아이들을 '친구들'이라고 부르지 마. 알겠어? 그 아이들이 네 친구였든, 아니면 지금도 네 친구든 간에 난 전혀 관심 없어. 그렇지만 다시는 그들을 친구라고 부르지 마. 특히 다른 사람들 앞에서 말이야."

"알았어."

아드리안은 불과 12시간 전만 해도 이보다 더 좋은 상황을 상상할 수조차 없었다.

"그 아이들, 그러니까 이번 사건의 범인들은 너한테 죄를 뒤집어씌우려고 해도 아무 증거가 없을 거야." 아버지가 그에게 설명했다. "혹시 그날 밤, 그 녀석들 말고 같이 있던 아이가 또 있니?"

"아니."

"좋았어! 그 녀석들이 너한테 책임을 전가하려고 하면, 우리가 미리 준비해 놓은 알리바이를 사용할 거야. 우리 이야기가 그 아이들 것보다 훨씬 그럴싸해 보일 테니까."

아드리안은 고개를 살짝 돌려 장례식장 문 주변에 모여 있는 사람들을 힐끗 쳐다보았다. 거기에 엄마도 있었는데, 그에게서 잠시도 눈을 떼지 않았다. 그는 엄마와 눈이 마주쳤다. 둘은 서로 얼굴을 마주 보며 눈빛으로 걱정과 두려움을 주고받았다.

"우리 가족은 그 어느 때보다 더 똘똘 뭉치게 될 거야. 파인애플처럼 말이지." 훌리오는 아들의 머릿속에 자기 말

을 깊이 새겨 넣고 싶었다. "내 말 알아들었어? 파인애플처
럼 말이다! 무슨 말인지 알겠냐고?"

"응. 알았어."

"너를 구하기 위해 파인애플처럼 똘똘 뭉칠 거란 말이
다!"

"응."

"절대 그 사실을 잊지 마."

"응, 안 잊을게."

"오늘 오후에 장례식이 끝나고 나면, 넌 경찰서에 신고하
러 갈 거야. 나도 같이 따라갈 테니까, 네가 해야 될 말을 세
부적으로 검토해 보자꾸나. 그리고 넌 그 돌을 던진 아이들
을 고발하면 돼. 더 이상 네 친구들이 아니니까 신경 쓰지
마. 그 녀석들이 진짜 범인이자, 유일한 범인이라고. 그러니
까 이 말을 머릿속에 잘 새겨 넣고, 필요하다면 수백만 번이
라도 반복해. 그들이 유일한 범인이다. 반복해 봐!"

"그들이 유일한 범인이다."

"다시 한번 더!"

"그들이 유일한 범인이다."

홀리오는 그제야 아들과 헤어져 문 앞에 있는 사람들에
게 돌아갔다. 아들과 단둘이서 너무 오랫동안 이야기하면
사람들이 수상쩍게 여길 수도 있었기 때문이었다. 아드리안
도 곧 그를 따라갔다. 그는 다시 어머니를 쳐다보았다. 그런

데 이상하게도 어머니는 아무 말도 하지 않았다. 언제나 자기 의사를 분명하게 밝히기를 좋아하던 어머니였기 때문에 조금 낯설게 느껴졌다. 그는 아버지가 방금 전에 설명했던 것처럼 온 가족이 파인애플처럼 똘똘 뭉치고 있다는 것을 실감했다. 더구나 모두 그의 잘못으로 벌어진 일이었다. 따라서 파인애플이 갈라지지 않도록 온 신경을 집중해야 했다.

잠시 후, 빈소에 있던 누리아가 다시 복도로 나왔다. 아드리안의 부모님은 그 틈을 이용해 나가려고 누리아와 빅토르에게 작별 인사를 건넸다. 그들은 오후에 다시 와서 장례식에 참석하겠다고 말했다. 그러고는 다시 누리아의 볼에 입을 맞추고 빅토르와 악수를 나누었다. 나가기 전에 그들은 아들에게도 입을 맞추었다. 먼저 어머니가 여전히 말없이 그의 볼에 입을 맞추었다. 아드리안이 보기에 어머니의 침묵은 체념과 억누른 분노로 가득 차 있는 듯했다. 그러고 나서 아버지가 입을 맞추었다. 그는 그 기회를 이용해 그에게 최후의 경고를 전했다.

"평소 네 모습대로 행동해. 넌 착한 아이니까, 그렇게 행동하란 말이다."

아드리안은 아버지가 무슨 말을 하든 그대로 따를 준비가 되어 있었다. 그는 그 누구보다 누리아에게 특히 상냥하고 세심하게 대할 것이다. 단 한 순간도 그녀의 곁을 떠나지 않을 생각이었다. 그래서 몇 분 후, 그는 함께 뭐라도 마시기 위해, 그리고 숨 막히는 분위기에서 잠시라도 벗어나기 위해 그녀를 데리고 나갈 수 있었다. 그녀는 몇 분 뒤에 돌아온다는 조건으로 그의 청을 받아들였다.

그들은 구내식당으로 가서 두 잔의 오렌지 주스를 사이에 놓고 테이블에 앉았다. 아드리안은 용기를 내 지난 며칠 동안 자신의 속을 끓인 문제에 대해 입을 열었다.

"몇 가지 더 알아봤어." 그가 힘겹게 운을 뗐다.

누리아는 그가 무슨 말을 하려는지 대번에 눈치챘다. 창백한 그녀의 얼굴에 경련이 일면서, 눈빛은 비수처럼 날카로워졌다.

"누구야?"

그 순간, 아드리안은 마음이 조급해지는 바람에 너무 서둘렀다는 생각이 들었다. 아버지가 계획한 대로 사태의 추이를 보며 조금 더 기다리는 편이 나았을 뻔했다. 결과적으로 그는 누리아를 불안하게 만들었을 뿐이다. 상심하고 풀이 죽어 있을 뿐 아니라 슬픔에 젖은 자신의 여자 친구에게 영웅이 되고 싶은 마음이 또다시 싹 달아나고 말았다. 그는 완벽한 영웅으로 변해 그녀에게 힘을 북돋아 주고, 그녀를 불행하게 만든 악당들을 찾아내고 싶었다. 그리고 온몸을 마비시키는 광선과 끊어지지 않는 그물, 그리고 몸에서 발사되는 강철 주먹을 그 못된 자들에게 날려 버리고 싶었다. 그리고 모든 어려움을 이겨 내고 나면, 그녀 앞에 엎드려 눈을, 마치 모든 세상과 삶이 그 눈빛 속에 담긴 것처럼 그녀의 눈을 쳐다보고 싶었다.

하지만 이건 평소 자신이 하던 비디오 게임이 아니다. 그래서 다르게 행동해야만 했다.

"누가 그런 거야?" 그녀가 다시 물었다.

"부탁 하나만 할게." 그는 다시 처음으로 돌아가 일의 진행 방향을 바꾸려고 했다. "오늘 오후까지만 기다려 줘. 장례식이 끝나고 나면 다 말해 줄 테니까. 하지만 그때까지만 기다려 줘. 제발 부탁이야."

"살인자들을 생각할 때마다, 그림자만 보여. 그림자만…… 어떻게든 그들의 얼굴을 봐야겠어."

"곧 보게 될 거야."

"내가 본 그림자는 그들의 얼굴을 가려 주는 가면 같아."

"약속할게. 오늘 오후에 범인들의 가면을 벗길 수 있을 거야."

"살인자들이지." 그녀가 단호하게 말했다.

"하지만 지금은 다른 걸 생각해 봐. 방금 전에 네가 말한 것처럼, 어머니 곁을 지키는 게 어떨까?"

아드리안은 간신히 휴전을 맺고 안도의 한숨을 내쉬었나. 그의 부탁대로 몇 시간 동안 참고 기다리는 것은 누리아에게도 힘들지만은 않았다. 가장 절박한 것, 가장 중요한 것, 그녀 자신의 육체와 영혼이 그에게 요구하는 것은 어머니의 시신 곁을 지키다가 따라가서 땅에 묻고, 영원히 작별하는 것이었다. 그녀에게 그것만큼 중요하고 절박한 것은 없었다. 그 밖의 것은 나중에 시간이 있을 테니까.

그들은 다시 장례식장으로 돌아왔다. 그사이 더 많은 사람들이 와 있었다. 그들은 문 옆에 옹기종기 모여 있었다. 그들이 장례식장에 도착했을 무렵, 아드리안은 시간을 확인하기 위해 손목시계를 힐끗 보았다. 하지만 그날따라 시계를 차고 오지 않았다.

그는 누리아에게 물었다.

"지금 몇 시니?"

그녀는 자기 시계를 보았다.

"열두 시, 열두 시 정각이야." 그녀가 대답했다.

바로 그 순간, 누리아의 휴대 전화 벨 소리가 울리기 시작했다.

  제일 먼저 아드리안이, 그리고 조금 있다가는 부모님들이 집을 나섰다. 그들 셋은 같은 곳, 즉 누리아 어머니의 시신이 안치되어 있는 병원 장례식장으로 갔다.

  하지만 어느 누구도 레예스에게는 같이 가자고 하지 않았다. 어쩌면 그들은 그런 곳에 데리고 가기에 그녀가 너무 어리다고 생각했는지도 모른다. 더구나 그녀가 고인을 만난 적도 없던 터라 같이 데리고 갈 생각을 못 했을 것이다. 솔직히 말해, 레예스 자신도 괜히 거북한 자리에 가느니 차라리 혼자 집에 있고 싶었다. 사실 그녀로서는 누리아나 그녀의 아버지, 아니면 친척들에게 위로의 말을 전하는 것보다, 아무것도 모르는 척하면서 진실을 숨기고 아무 말도 하지 않는 것이 훨씬 더 거북하게 느껴질 것 같았다. 그건 그녀의 성격과 생각, 그녀의 존재 방식, 삶을 이해하는 방식과 전혀 어울리지 않았다.

그녀는 자신의 의사를 분명하게 표현했지만, 아버지는 단호하게 대답했다.

"좋든 싫든, 이제부터 너는 군말 말고 우리가 결정한 대로 따라야 해! 우리는 파인애플처럼 하나로 똘똘 뭉치게 될 거야!"

"예전에 아빠는 절대 그렇게 가르치지 않았어."

레예스는 대담하게도 아버지에게 앙칼지게 쏘아붙였다.

"이건 설득이 아니야!" 아버지의 말은 협박으로 들렸다. "잔말 말고 시키는 대로만 해! 이상!"

훌리오는 더 이상 딸과의 언쟁에 휘말리고 싶지 않았다. 무엇보다 말다툼을 하다 보면 언제나 레예스가 불도저처럼 저돌적으로 밀어붙이는 통에 할 말이 없어질 수 있다는 것을 잘 알고 있었기 때문이었다.

그녀는 잠옷 차림으로 침대에 누운 채, 몇 시간 전에 집 안에서 식구들이 나누던 이야기를 모두 떠올려 보았다. 그들은 누가 듣기라도 할까 봐 조용조용한 목소리로 말하다가도, 감정이 격해지면 소리를 지르기도 했다. 마침내 결정이 내려졌지만, 정작 놀란 것은 레예스밖에 없었다. 그래서 그녀는 두 배로 놀란 셈이었다.

그녀는 전혀 예상하지 못한 순간에 터져 나온 눈물을 주체할 수 없었다. 그녀는 자신의 의견을 분명하게 밝히지 못한 것이 못내 가슴 아팠다. 그 결정에 그녀는 큰 충격을 받았지만, 그들은 그녀에게 말할 기회조차 주지 않았다. 어떤 대가를 치르더라도 아드리안을 구해 내는 것, 그가 경찰에 체포되고 기소된 뒤, 감옥에 갇히는 것을 막는 것이 급선무였다. 아버지는 그것이 바로 가족을 구하는 길이라고 했다. 그녀는 아버지의 주장을 도저히 납득할 수 없었다. 범인의 정체를 은폐하는 것이 왜 가족을 살리는 길이란 말인가? 그녀는 범인이 가족의 일원인지 아닌지가 왜 중요한지 도무지 이해가 가지 않았다. 그녀에게 가장 중요한 것은 가족이 올바르고 정직하게, 그리고 일관되게 행동함으로써 모범을 보이는 것이었다. 그럴 때만이 가족의 구성들은 서로에게 무엇을 기대하는지 알게 될 것이다.

그녀의 아버지는 의뢰인들의 무죄를 이끌어 내기 위해 혼신의 힘을 다하던 변호사였다. 그는 그녀가 어렸을 때부터 정의와 선악에 대한 인식을 심어 주었다. 그리고 그것은 그녀가 살아가는 데 언제나 큰 힘이 됐다. 아주 어렸을 때, 그녀는 현실을 이원론적으로, 그러니까 단지 선한 것과 악한 것으로만 보았다. 하지만 그녀는 이제 더 이상 어린아이가—물론 어떤 이들은 여전히 그녀를 아이 취급했지만—아니었다. 그래서 이 세상 그 어떤 것도 절대적으로 선하거나 절대적으로 악하지 않다는 것을, 그리고 모든 것이 불확실하고 모호하다는 것을 잘 알고 있었다. 그런 것쯤은 그녀도 이해할 수 있었다. 그녀는 그 밖의 다른 것들도 이해할 수 있었다. 예를 들어, 그런 터무니없는 생각이 들었을 때, 친구들과 마찬가지로 오빠 역시 잔뜩 술에 취해 있었다는 것도 이해할 수 있었다. 하지만 일단 그 사건이 벌어진 이상, 왜 나타난 모든 결과를 현실로 받아들이지 않았던 걸까? 그리고 무엇보다 왜 올바른 행동을 하지 않았던 걸까?

그렇게 생각했다고 해서 그녀가 오빠에 대한 사랑을 의심한 것은 아니다. 부모님들이 종종 말했던 것처럼, 사실 아드리안과 레예스는 눈만 마주치면 싸웠다. 그렇지만 그녀는 오빠를 정말 좋아했고, 오빠도 자기를 좋아한다고 믿었다. 틈만 나면 말다툼을 벌였고, 심지어 서로 욕도 했지만, 그건 하찮은 일이었고, 서로가 없으면 하루도 못 산다는 사실을 보여 주는 방식이었다. 그리고 그녀가 나서도록 부추긴 것도 바로 그런 사랑이었다. 그녀는 오빠가 평생 자기를 끌고 다니며 거짓말의 수렁 속에 점점 더 깊이 빠져드는 것보다 죄를 씻기를 바라고 있었다.

그녀는 수시로 시계를 보며 지금쯤 장례식장에서 무슨 일이 벌어지고 있을지 상상했다. 제일 먼저 아드리안이, 그리고 얼마 지나지 않아 부모님이 거기 도착했을 것이다. 훌리오와 엘비라는 누리아와 그녀의 가족들에게 조의를 표하고 곧장 나올 것이다. 반면 아드리안은 계속 자기 여자 친구 곁을 지킬 것이다. 그건 물론 그의 바람이었지만, 또한 그가 내건 슬로건이기도 했다. 그들은 과연 슬로건을 걸고 평생을 살 수 있을까?

그녀의 부모님은 출근을 안 할 계획이라서 집에 와서 밥을 먹을 거라고 했다. 그래서 둘 다 결근한다고 일찌감치 전화를 했다. 쥐 죽은 듯 조용하고 무거운 긴장이 흐르는 식사 장면이 눈앞에 보이는 것만 같았다. 식사하다가 혹시라도 눈이 마주치면 부끄러워 고개를 떨굴까 봐 그들은 애써 서로를 외면할 것이다.

그 순간, 그녀는 아버지가 평생 동안 자기에게 여러 번 보여 준 조각상을 떠올렸다. 그것은 튜닉을 걸치고 천으로 눈을 가린 채, 손에 저울을 들고 있는 여성이었다. 그 여성은 판결받아야 할 문제를 저울 위에 올려놓고 정의를 실현했다. 주저하거나 편파적인 판결을 내리지 않기 위해 천으로 눈을 가려야만 했다고 한다. 그 조각상을 떠올리며 레예스는 자기가 바로 그 사람이고, 자신의 손으로 정의를 실현할 수 있다고 생각했다.

그녀는 머릿속으로 아버지가 세운 계획, 즉 아드리안이 범인인 줄 알면서도 그를 지키기 위해 가족이 세운 계획을 저울 한쪽에 올려놓았다. 그리고 다른 쪽에는 어머니의 죽음으로 인해 깊은 절망 속에 빠져 있을 그의 여자 친구, 누리아를 올려놓았다. 그녀는 팔을 들어 올리며 자세히 살펴보았다. 예상한 바대로, 저울은 한쪽으로 기울어져 있었다.

자신만이 그 저울의 균형을 맞출 수 있다는 것을 깨닫자, 그녀의 불안감과 두려움은 점점 더 커져만 갔다.

그녀의 머릿속으로 질문이 쉴 새 없이 쏟아져 나왔다. 모든 질문이 그녀의 머릿속에 무더기로 떠올랐기 때문에, 질문들이 서로 뒤섞이고 있었다. 그녀는 생각을 정리하기 위해 그 질문들을 종이에 적기 시작했다.

왜 그들은 나를 그 계획에 포함시켰어야 했는가?

왜 그들은 나를 논의에서 제외시키는 것 외에 다른 방법을 생각해 내지 않았는가?

왜 나를 제외해야만 했는가?

왜 그들은 현실을 직시하지 않으려고 했는가?

왜 그들의 삶에서 논리가 실종되었는가?

그녀는 방금 종이에 적은 질문 위에 볼펜으로 선을 그어 지웠다. 그러고는 곧장 새로운 질문을 썼다. 어쩌면 그녀의 마음을 가장 불안하게 만드는 질문이었을지도 모른다.

그럼 이제부터 우리는 어떻게 살 수 있을까?

그녀는 그런 불의를 막고 가족 모두 제정신을 차리도록 만들기 위해 자신이 무엇을 할 수 있을지 계속 생각했다. 어쩌면 전화 한 통이면 충분할 수도 있었다. 하지만 누구에게 전화한단 말인가? 곧장 경찰에게? 아니면 첼로 교장 선생님에게? 어디에 전화를 걸든 곧장 효과가 나타날 것이다. 하지만 아무래도 못 할 것 같았다.

그녀는 간신히 해결책을 찾아냈다. 누리아에게 전화해서 모든 사실을 털어놓는 것이다.

그런데 레예스에게는 누리아의 전화번호가 없었다. 아드리안의 휴대 전화에는 그녀의 번호가 저장되어 있었다. 하지만 잠깐 동안만이라도 오빠의 휴대 전화를 손에 넣는 건 불가능해 보였다. 그 순간, 갑자기 무언가가 떠올랐다. 그녀는 침대에서 벌떡 일어나 곧장 아드리안의 방으로 갔다. 그러고는 그의 책상 서랍을 모두 뒤지기 시작했다. 오빠는 최근에 휴대 전화를 바꾸었기 때문에, 분명히 쓰던 전화기를 서랍 속에 넣어 두었을 것이다. 그녀의 예상이 딱 들어맞았다. 오래된 전화기는 케이블과 어디 쓰는 건지 알 수도 없는 잡동사니 속에 있었다. 아드리안이 메모리 카드를 새 전화기에 옮겨 놓았을 테니까, 그 전화기에는 카드가 없는 것이 분명했다. 그래서 그녀는 자기 전화기의 메모리 카드를 넣어 쓰기로 했다. 다행히 그녀와 오빠의 전화기는 모두 같은 회사의 같은 기종이었다.

그녀는 자기 전화기에서 메모리 카드를 빼내, 아드리안의 옛날 전화기에 넣었다. 그리고 전화기가 방전되어 있었기 때문에 충전기를 찾아 연결했다. 잠시 기다린 다음, 전원을 켰다. 전화기가 작동하는 것을 보자, 그녀는 조용히 미소 지었다. 이제는 그 기기 자체의 메모리를 검색하는 일만 남았다. 예상한 대로, 거기에는 번호들이 저장되어 있었다. 번호를 하나씩 넘기던 중, 화면에 누리아라는 이름이 나타나자 그녀는 온몸이 떨렸다. 거기 있었다. 그녀는 그 번호를 보고, 큰 소리로 여러 번 읽었다. 그러고는 번호를 외우기 위해 나직한 목소리로 계속 반복해서 읽었다.

그녀 존재의 가장 깊숙한 곳에서는 그 이름과 그 전화번호를 찾아낸 것을 진심으로 후회하고 있었다. 차라리 아드리안이 옛날에 쓰던 전화기의 메모리가 텅 비어 있거나 아예 망가져 있었더라면 천 배는 더 좋았을 텐데.

그녀는 오빠의 전화기를 원래 있던 곳에 두고 자기 방으로 돌아왔다. 누리아의 아홉 자리 전화번호는 그의 머릿속에 이미 새겨져 있었다. 그 번호는 평생 잊지 못할 것 같았다.

두 개의 막강한 힘이 그녀 안에서 서로 싸우고 있었다. 어쩌면 그녀의 뇌나 가슴 속에서, 아니면 그녀의 몸 구석구석에서 벌어지고 있었는지도 모른다. 그건 피만 흐르지 않았을 뿐 폭력으로 얼룩진 전투였다. 레예스는 무엇을 해야 하는지, 그리고 어떤 힘을 편들어야 하는지 스스로에게 거듭해서 물었다. 그녀는 무엇을 하든, 또 어떤 것을 택하든, 후회가 영원히 자신을 따라다닐 것이라고, 따라서 결코 마음 편히 살 수 없을 것이라고 확신했다.

그녀는 큰 소리로 스스로에게 물었다.

"전화를 걸 것인가, 말 것인가? 어느 쪽을 택하든 두고두고 후회할 게 뻔해. 그렇다면 어느 쪽이 더 괴로울까?"

엄청난 딜레마였다.

그녀는 휴대 전화를 들고 누리아의 번호를 눌렀다. 그녀는 화면에 나온 전화번호를 멍하니 바라보았다. 이제 전화를 걸려면 초록색 버튼만 누르면 된다. 그게 전부였다.

간단했다. 아주 간단했다. 너무 간단했다.

그녀는 초록색 버튼을 앞에 두고 망설였다.

그녀는 그 버튼을 누른 뒤 어떤 소리가 들릴지 상상했다.

어쩌면 유행하는 노래가 나오다가 마침내 누리아의 목소리가 흘러나올지도 모른다. '여보세요?' 휴대 전화 화면에 처음 보는 번호가 떴기 때문에 그녀는 당연히 딱딱한 말투로 짤막하게 물어볼 것이다. 그러면 레예스는 자신의 정체를 밝혀야 하리라. '안녕, 누리아 언니? 난 레예스라고 하는데, 아드리안의 여동생이야.' 누리아는 레예스가 애도의 뜻을 전하려고 전화를 걸었다고 생각할 게 틀림없다. 레예스는 즉시 연락한 용건을 밝혀야 할 것이다. '언니한테 할 말이 있는데, 아주 중요한 이야기야.' 그녀는 뜸을 들일 수도, 빙빙 돌려 말할 수도 없다. 망설이지 않고, 단도직입적으로 모두 말해야 한다.

그녀는 누리아와의 대화를 계속 상상하려고 했지만, 다시 눈물이 앞을 가리면서 자신의 상상마저 얼룩지자, 더 이상 아무 생각도 할 수 없었다.

"왜 하필 나야?" 그녀는 큰 소리로 울부짖었다. "왜 억지로 내 등을 떠미는 거지? 다른 일에는 끼워 주지도 않으면서 왜 이제 와서 나한테 이러는 거냐고?"

레예스의 눈에는 모든 식구들이 제정신이 아닌 것으로 보였다. 그녀는 그런 사실이 안타깝기만 했다. 그녀는 왜 저들처럼 미쳐 버리지 않았던 걸까? 차라리 그렇게 됐더라면 모든 게 더 수월해졌을 텐데. 완전히 돌아 버린 가족! 이젠 끝장이다!

모두들 너무 어린 나이에 견디기 힘든 일을 겪게 될까 봐 그녀를 장례식장에 데려가지 않았다고 생각할지도 모른다. 하지만 그녀는 자기 집에서, 자기 방에 틀어박혀 있으면서 인생 최악의 시간을 보내고 있었다.

"왜 하필 나야, 왜 하필 나야, 왜 하필 나야……?"

가족을 구할 수 있는 건 단지 온전한 생각과 정의밖에 없었다. 나머지 식구들을 억지로 설득해서 자기 뜻대로 끌고 가려는 아버지의 계획과 달리, 그녀는 자신의 생각이 옳다고 확신했다. 어린 나이에도 불구하고, 그녀는 선량한 사람들일수록 마음속에 후회를 담고 있다는 것을, 그리고 후회를 떨쳐 버리지 못하고 사는 것은 흰개미 떼들이 건물에 침입해서 기둥을 갉아먹는 것처럼 해롭다는 것을 제대로 이해하고 있었다. 그러면 그녀의 가족은 그런 후회와 양심의 가책에서 어떻게 무사히 벗어날 수 있을까?

그녀는 한 가지를 생각하고 나면, 곧장 그 반대의 경우도 떠올렸다.

그러면 어떤 길이 어렴풋이 보이지만, 또 다른 길이 곧바로 눈앞에 나타나곤 했다.

그녀는 자신이 논리적인 추론을 했다고 확신했지만, 정반대의 추론이 떠오르면 다시 불안에 휩싸였다.

그것은 마치 그 어떤 휴전의 가능성도 없이 죽을 때까지 맞붙어 싸우는 두 세계와 같았다. 이런 상황에서 어떻게 결정을 내릴 수 있단 말인가?

그녀는 어떤 식으로든 결정을 내려야 한다는 것을 잘 알고 있었다. 그래서 아직 전쟁이 시작되지도 않았지만, 이미 전쟁터 한복판에 서 있었던 셈이다. 그래서 그녀는 중립을 지키려는 그 어떤 시도도 하지 않았던 것이다. 무엇보다 편을 가르고 싸워야 했다. 그것만이 유일한 탈출구였다.

그리고 편을 가르는 것은 자기 휴대 전화의 초록색 버튼을 누르느냐, 마느냐 만큼이나 간단한 일이었다.

그게 전부였다.

그녀는 일단 결정을 내리고 나면, 사태가 어느 방향으로 흘러가든 상관없이 끝까지 버티리라 속으로 다짐했다.

가족 편을 들든지, 아니면 가족에 맞서든지.

이 무자비한 딜레마는 다른 어떤 길도 용납하지 않았다.

낮 12시가 되려면 이제 1분밖에 남지 않았다. 그녀는 눈을 질끈 감았다. 마음을 비우려고 했지만, 뜻대로 되지 않았다. 그건 불가능했다. 정말이지 불가능한 일이었다.

"앞으로 열을 세고 결정을 내릴 거야." 그녀는 갑자기 큰 소리로 말했다.

그게 가장 좋을 것 같았다. 어느 정도는 충동적으로 행동하자. 우선 열까지 세고, 그 다음 초록색 버튼을 누르든지, 말든지 결정하자. 누구를 따를 것인지 따윈 신경 쓰지 말고 즉시 결정을 내려야 할 것이다.

아버지, 곧 가족을 따를 것인가?

자신의 마음을 따를 것인가?

터지기 직전인 자신의 뇌를 따를 것인가?

열세 살짜리의 양심과 소신을 따를 것인가?

일단 결정을 내리면, 어떤 경우든 되돌릴 수 없다.

레예스는 큰 소리로 숫자를 세기 시작했다.

"하나, 둘, 셋, 넷, 다섯, 여섯, 일곱, 여덟, 아홉, 그리고…… 열!"

그녀의 휴대 전화 화면 오른쪽 상단에 있는 시계가 12시 정각을 가리키고 있었다.

**마드리드, 2010년 8월**

꿈꾸는섬 청소년문학 03

# 누구도 우리를 벌할 수 없어

**초판 1쇄 발행** 2023년 10월 1일

**지은이** 알프레도 고메스 세르다
**옮긴이** 엄지영
**펴낸이** 고대룡

**편집인** 이지수
**디자인** 손현주

**펴낸곳** 꿈꾸는섬
**등록번호** 제 410-2015-000149호
**등록일자** 2015년 07월 19일
**전화** 031-819-7896
**팩스** 031-624-7896
**전자우편** ggumsum1@naver.com

**ISBN** 979-11-92352-25-1 44810
**ISBN** 979-11-92352-02-2(세트)

※ 값은 뒤표지에 있습니다.